Les Immortels

∞

W. E. GUTMAN

CCB Publishing
Colombie-Britannique, Canada

Les Immortels

Récit dystopique.

©2023 W. E. Gutman
ISBN-13   978-1-77143-572-7-0
Première édition

Bibliothèque et Archives Canada Catalogage Avant Publication
Gutman, W. E., 1937-
Les immortels / par W. E. Gutman.
Disponible en formats imprimé et électronique.
ISBN 978-1-77143-572-7 (couverture souple).--ISBN 978-1-77143-573-4 (pdf)
Données supplémentaires de catalogage sont disponibles à la
Bibliothèque et Archives Canada

Illustration couverture : « Lomakhome, » peinture acrylique réalisée par l'auteur.

Ce livre est imprimé sur papier non acétifié.

Publié par: CCB Publishing
              Colombie-Britannique, Canada
              www.ccbpublishing.com

DU MÊME AUTEUR

JOURNEY TO XIBALBA
The Subversion of Human Rights in Central America

NOCTURNES : Tales from the Dreamtime

FLIGHT FROM EIN SOF

THE INVENTOR

ONE NIGHT IN COPÁN

A PALER SHADE OF RED : Memoirs of a Radical

ONE LAST DREAM

UN DERNIER RÊVE

ALL ABOUT EARTHLINGS
The Irreverent Musings of an Extraterrestrial Envoy

MORPHEUS POSSESSED
The Conflict Between Dream and Reality

MORPHEUS UNCHAINED : Remembrances of a Future Dream

MORPHEUS' CHALLENGE : Beyond the Dreams

JEU DE RÔLE : Souvenances d'un Baladin

MIRED : Life in the Swamp
Ruminations on the Irrelevance of Truth in an Age of
Unreason, Lies, and Deadly Pandemics

LES DIABLERIES DE MORPHÉE : Confessions d'un Rêveur

THE COVID CHRONICLES : Once Upon a Time, as Fascism,
Contagion, and Mass Lunacy Festered

iii

PRÉFACE
par Alan Riding*

Né à Paris de parents roumains, journaliste, iconoclaste, trublion, Juif errant, il se chamaille avec le mal, l'absurde, et le paradoxe. Il dénonce les tristes aberrances du "communisme," (il insiste à nicher cette doctrine « utopiste et impraticable » entre guillemets tant il la trouve illogique) ; il met en évidence les forfaits du capitalisme et il souligne les crimes d'un fascisme renaissant. Marquée dès son enfance par des déplacements incessants dont l'occupation allemande en augmentera la fréquence, la vie de W. E. Gutman sera plus tard obstinément contrariée et pétrie au point de devenir l'expression d'une kinésie, d'un automatisme irréfléchi que seule la vieillesse ralentira.

Curieux, « amoureux de cartes et d'estampes, » esprit aventurier et contestataire, Gutman se heurte aux hommes, à leurs lois, leurs conventions, leurs croyances, leurs préjugés. Il signale que lorsque l'amour envers Dieu favorise la haine envers les hommes, c'est le mal qui est à l'œuvre. Il a ainsi le génie d'inciter la malveillance chez ceux qui, très nombreux, se méfient de son journalisme gauchiste inquisiteur. On l'accuse de savourer le malaise que ses confidences inspirent ; le

---

* Alan Riding a longtemps été correspondant à l'étranger pour le New York Times, plus récemment en tant que correspondant culturel européen du journal basé à Paris. Il est l'auteur de plusieurs livres, notamment *Et la fête continue : La vie culturelle à Paris sous l'Occupation*. 2012. Éditions Plon.

chagrin dont sa hargne est imprégnée passe inaperçu. Il trouve dans la puissance des mots et à l'aide d'images allusives et d'indices inquiétants le moyen de justifier sa misanthropie tout en manifestant son humanisme. On ne peut s'empêcher de conclure, par ses diatribes et les défis qu'il lance, que ce livre — témoignage, confession, mise en accusation, dystopie, peut-être même épitaphe — *devait* être écrit. Tout ce qu'il a subi au cours de ses quatre-vingt-cinq ans d'itinérance — contrainte et poursuivie — tout ce qu'il a lu, vécu, aimé, raconté, montré du doigt, tout ce qu'il s'est aussi gardé de dire mais qu'on devine entre les lignes de ses bouleversantes souvenances, constitue le testament d'un rebelle et d'un idéaliste déçu. Œuvre inquiétante, irrévérencieuse, et introspective, Les Immortels se résume par deux épigrammes qu'il conçoit — il est encore au lycée — et qu'il insère dans une de ses compositions : « *Les mots ont le droit 'd'être' — même s'ils blessent ;* » et « *Pour être véridique et fidèle à sa mission, le journalisme ne peut se permettre d'être inoffensif.* » Ces railleries présagent la carrière de factieux, de provocateur qu'il poursuivra.

Le lecteur s'embarquera vers des antipodes débordant de souvenirs angoissés, d'observations oraculaires et de mises en garde qui reflètent la dimension la plus profonde du soi. Les aveux de Gutman sont les fruits de la prescience. Ils se revêtent d'un déjà vu. Ils signalent aussi un malaise anticipatoire envers les exigences existentielles auxquelles il devra se soumettre. Et pourtant, tout dépend de la nature imprévue des choses, bilan d'une réaction en chaîne, l'entrelacement fortuit d'événements inattendus.

Gutman s'efforce de reconstruire des images émoussées par le temps, de raviver des sensations maintenant moins nettes, de humer les parfums fantomatiques d'antan, de redonner une voix à des entretiens engloutis dans l'oubli. Son style est nerveux, inquiet, rétrospectif. Il se retourne souvent pour mieux contourner l'ombre qui le poursuit. L'effet est à la fois insolite et ahurissant. Justifié par des évocations impérissables, vieux documents, photos ternies, anecdotes de famille, et par les sursauts de l'histoire même, son récit découle aussi de choses comprises bien plus tard. Ses souvenirs vaporeux sont mis à nu sans pédantisme ni fausse modestie, souvent assaisonnés d'un humour noir ou de réflexions acerbes. Il se porte garant de leur franchise tout en se gardant de s'en acquitter au cas où ils manqueraient de bienséance ou de vertu. Les impressions d'émerveillement et de découverte, ainsi que l'ironie glaciale de son athéisme féroce qui émaille son œuvre, font penser à Diogène et ses élèves et, compte tenu de son style agité, peut même à Nietzsche.

La révérence que Gutman tire — à son âge ce ne pourrait être qu'un adieu — est à la fois un mémoire aigre-doux, un legs, un manifesto idéologique, une évocation apocalyptique du paradis et de l'enfer terrestres, et un augure dans lequel les hommes sont tour à tour maudits et rachetés, haïs et afranchis. Il se met aussi loin du conventionnel que possible, parfois délibérément, souvent par intuition. C'est ce qui le motive. Si quelque chose le dérange, il vous le fera savoir. Les conclusions qu'il tire vexeront certains lecteurs. Il a le courage de ses convictions. Il parle de *sa* vie. Effectivement, la vie de Gutman peut être lue comme une longue mélopée chargée d'amertume, de désillusion envers Dieu, et de désenchantement dans les espèces qu'il a engendré, de désespoir dans l'inconstance et les défaillances des hommes. Malgré son pessimisme et l'ampleur des tourments qu'il diffuse, Les Immortels est le legs d'un rescapé d'une aventure épique. *Caveat lector.*

Je me suis toujours demandé où ira le temps quand la dernière horloge sur terre s'arrêtera et que le dernier clocher sonnera son dernier glas.

AVANT-PROPOS

Cher ami, je te prie d'excuser mes quelques jours de silence. J'ai dû m'absenter. C'est après mon retour à Yésode que je pris connaissance du décès prématuré de Billy P. Triste personnage. Jusqu'à sa mort, Fils de la Veuve, journaliste, esthète et globe-trotter, Billy habitait son passé comme Diogène occupait son tonneau : un vieux solitaire livré à des crises périodiques d'acrimonie, de dégout et de désespoir. Alors que l'ancien vagabond errant grec, parrain du cynisme, prônait les « grandes lumières » (le savoir, la sagesse, la justice, la miséricorde et la connaissance du soi) dans le brouillard de la crédulité, de la malice et de la stupidité, Billy se retirait dans la noirceur de ses propres ruminations. Livré aux fétichismes d'une ère révolue, il se vautrait dans le passé. Il craignait le présent tout en redoutant l'avenir. Victime d'une mémoire sélective et au mépris de l'Histoire dont il fut témoin et chroniqueur, il remémorait des souvenirs couleur sépia d'une adolescence privilégiée, de parents avenants et de congénères élégamment affublés dans la haute couture dernier cri. Il ne cessait de parler de croisières en Polynésie, d'hivers à Zermatt, de réveillons somptueux à La Tour d'Argent, de concerts au Carnegie Hall et d'après-midis langoureux passés à siroter un champagne Veuve Clicquot dans des verres en cristal cannelé. Il rejouait des jours enchantés repus de métaphores improbables et ternies par le passage du temps. Il cessa de porter une montre, craignant que chaque seconde qui s'écoule ne le pousse vers le gouffre. « Hier est une prison impitoyable, » il avait avoué timidement dans un moment d'apitoiement. Et pourtant, il s'y réfugia, comme dans un monastère, jusqu'à la fin de ses jours. Je me souviens avoir vu dans son placard pendre l'élégant ensemble dans lequel il serait enterré — un costume en velours noir, une chemise en popeline rose et une cravate en soie achetée à Milan vingt ans plus tôt. Il craignait la mort mais, nom de Dieu, il s'étalerait dans un cercueil ouvert, convenablement maquillé, un soupçon de rouge ornant ses lèvres, un œillet blanc épinglé à son revers. Il prendra son dernier rideau avec un chic étudié. Les mauvaises langues lui reprocheront faussement d'être mort d'un sida. Peu probable. Billy était asexuel. Il n'était attiré ni par les femmes ni par les hommes. Tout comme Narcisse, il s'aimait bien trop pour s'adonner à des rapports sexuels, divertissements qu'il décrivit un jour comme des « ébats absurdes. » Son amarrage aux « temps anciens, » j'essayerai vainement de le convaincre, est un enivrement nocif et une perte de temps. Je pense souvent à lui. Comme il a dû souffrir.

♦

Tu me connais. Jusqu'au jour où les péripéties dont je te parlerai plus loin me trouveront suspendu entre le néant et l'infini, j'avais vécu à l'aube de lendemains sans fin. Une vie nourrie de « jadis » inopportuns m'avait prévenu de me tenir à l'écart du passé, de garder un œil d'aigle sur l'avenir alors même que le présent me réservait quelques mauvaises surprises. Le passé est révolu, irrémédiable. Je le range dans un grenier sombre et poussiéreux où je stocke le bric-à-brac et les pacotilles. Je lui rends visite quand les souvenirs m'interpellent, mais l'entretien est bref et dépourvu des carnations de mélancolie larmoyante qui teintaient les souvenirs de Billy et finirent par empoisonner sa vie.

Alors que Billy s'embourbait dans les rêves parfumés à l'eau de rose où se rassemblent les spectres éphémères d'antan, je ne ressentais ni nostalgie ni regret envers un passé que je n'aurais su déjouer. Le passé ? J'y est ai fait maintes fois escale. Je m'en souviens avec horreur.

C'est à Ein Sof, d'où je reviens à peine, que je naviguerai les eaux troubles de l'introspection dans un domaine existentiel dépourvu de géographie, de réveille-matin, de saisons, de temporalité. Ceux qui ont le courage de s'installer dans son ineffable actualité, de se libérer des chaînes du passé et des ambiguïtés de l'avenir y trouveront toujours un accueil averti au sein de l'immatérialité. Je me rendrai vite compte qu'il fut inutile de franchir de telles distances galactiques afin de saisir l'incontestable. Mais le kismet se dévoile là où on le trouve. Alors que je revenais purifié et débordant de mille lendemains de rechange, je me souvins de Billy et de ses alter egos qui, submergés sous le poids de tous leurs *hiers*, coincés entre les mythes et la superstition, ne peuvent trouver la paix. Parce qu'ils ont cessé de rêver, ils cessairent également d'être.

◆

Être, vivre, suscitent des inférences intéressantes. Alors que je circulais dans l'univers ténébreux d'Ein Sof, je ne cessais de me demander : Est-ce que je rêve ou suis-je rêvé par quelqu'un qui rêve d'être moi ? Ces questions, la province de l'ontologie (la nature de l'existence) et de l'épistémologie (le domaine de la connaissance) se répondent en en posant d'autres : Où s'achève un rêve et où se réveille la réalité ? Mes ruminations sont-elles le sous-produit d'un état de conscience élevé, ou les méditations mal digérées d'un moribond ? La réalité est-elle une dimension que seul un spectateur non impliqué peut traverser ? Ou suis-je un témoin accidentel prédestiné à rejouer la réalité à travers l'œil de mon esprit ? Je ne saurais te le dire. Comme tu verras, mon escale à Ein Sof, aussi brève fut-elle, infligera des conséquences inattendues.

I

Ils étaient venus parcequ'ils avaient peur ou il ne
cragnaient rien, parcequ'ils étaient heureux ou
malheureux, parcequ'ils se croyaient pèlerins ou
ne se prenaient pas pour tels. Chacun avait ses
raisons. Ils venaient tous nantis de grands rêves
ou de rêves fugaces, ou dépourvus de rêves.
Ray Bradbury, Les Chroniques Martiennes

Je débarquai un beau matin à Ein Sof après un court
voyage ponctué d'une milliseconde de lucidité
aveuglante. J'ai peu de souvenirs de ce périple. Je les ai
peut-être réprimés et je prêtais piètre attention au
paysage sans relief qui se déroulait devant moi. À
l'inverse de mes voyages d'antan, quand chaque
ondulation en pleine mer, chaque nuage, chaque brin
d'herbe, chaque fleur cueillie le long du chemin
m'avaient enchanté, ce voyage ne suscita qu'impatience
et prémonitions. Il n'y a pas si longtemps, j'avais
bourlingué d'un antipode à l'autre alors que les ports
d'escale fredonnaient leur chant de sirène. J'avais fait de
l'auto-stop à bord d'une machine à remonter le temps.
J'avais cherché dans un mouvement perpétuel un
antidote contre l'immutabilité.

Les guerres, les migrations et les expatriations (ou
était-ce une hérédité impitoyable ?) m'avaient pré-
disposé aux méandres qui domineraient ma vie. Les

valises, toujours prêtes, sont pour moi ce que les ailes sont aux oiseaux — des dispositifs qui permettent de prendre fuite.

Au cours d'un rare moment de courroux — ou de chagrin — ma mère m'avait reprochée :

— Quand tu es ici, tu parais agité, mélancolique, alors tu t'en vas. Et quand tu es là-bas, tu as presque aussitôt hâte de quitter les lieux. Où diable dans ce vaste univers te sentirais-tu à l'aise ?

— En transit Maman, en transit, dans l'intimité d'un no-man's land.

Le temps s'enfuit à une vitesse vertigineuse, emportant avec lui l'imprévisible et l'ingérable. « Le temps, » disait quelqu'un, « empêche le tout d'être cédé d'un seul coup. » Le bon mot sans doute d'un philosophe ou d'un plaisantin. Le temps est un voleur. Il reprend tout ce qu'il cède, y compris lui-même. C'est avec impatience que je me laissais aller maintenant vers Ein Sof. Qui parmi nous n'a pas accepté à contrecœur une invitation afin de s'en débarrasser une fois pour toutes ?

Il est inutile de ressasser ce que ce fut une année de prévisions sombres et de présages apocalyptiques. Les récoltes étaient mauvaises, ruinées par des tournades, des pluies torrentielles, des canicules, des aridités sans précédent, et des tempêtes de sable. La famine se répandait comme la peste, et ceux qui n'étaient pas encore en train de mourir se révoltaient dans les rues et payaient de leur vie aux mains de tueurs à gage. Les passions politiques et religieuses, menaçaient d'envenimer des sociétés déjà affaiblies par une économie en état de putréfaction, par la honteuse cupidité des grandes entreprises et par un capitalisme impitoyable, organisme anthropophage auto-reproductif qui se nourrit de ceux qu'il anéantit. Tout le monde, même les plus optimistes, concédait tout au moins en privé qu'un lendemain sinistre nous guettait.

♦

Malgré mes protestations, des amis s'étaient rassemblés pour faire leurs adieux, certains munis d'offrandes inutiles—des fleurs, des cartes de vœux suintant la banalité—d'autres si émus par mon départ imminent qu'ils versèrent quelques larmes cérémonielles. Les larmes, je savais, seraient bientôt endiguées. La vie a une façon d'assombrir les souvenirs superflus. On peut toujours compter sur ceux qui sont enclins à afficher maladroitement leur tristesse de se remettre du chagrin le plus profond. Le temps guérit tout et la vie continue.

Mes requêtes avaient été claires : pas de pleurs, pas de paroles nobles, pas de balivernes, pas de regret, pas d'épanchements de sentimentalité, pas de révérence, pas de fleurs, surtout pas de fleurs. J'ai toujours détesté les adieux, non pas parce que « *se séparer est un si doux chagrin,* » [Roméo et Juliette, William Shakespeare, Acte 2, Scène 2] mais parce que j'avais discerné, encore très jeune, un manque troublant de sincérité dans ces rituels. J'avais vu trop de sourires figés de chagrin et de mouchoirs imbibés de larmes de crocodile. J'avais entendu trop de mots d'une trivialité stupéfiante alors

3

que le silence en aurait dit infiniment plus long. J'avais été témoin de trop de gestes qui frisaient l'hystérie, mais qui n'avaient télégraphiés ni souffrance ni regret. Je m'étais rendu compte, pour la centième fois, que les gens sont capables de performances dignes d'un Oscar.

--Je regrette de te voir partir.

--Tu nous manqueras.

--Prends bien soin de toi.

--Bon voyage.

--On t'aime.

Taisez-vous nom de Dieu ! Les affectés et les flagorneurs, les pleurnicheurs et les mêle-tout, tous sacrifièrent la discrétion sur l'autel de la conformité et des coutumes vulgaires. J'endurai ce cabotinage jusqu'à ce que je ne puisse plus le supporter. Je les ai tous remercié pour leur sollicitude et leur ai tiré ma révérence.

Je me souviens avoir remarqué, alors que la scène se décomposait devant moi, que le balancier de la vieille horloge s'était arrêté et que le temps, la partie fluide, silencieuse et invisible de la réalité physique, s'était endurci et m'avait emmailloté comme une chrysalide dans un cocon gélatineux hermétique. Je me souviens aussi avoir traversé comme un bolide un tunnel dont les parois étaient brillamment éclairées et sur lesquelles étaient projetées à pleine vitesse des visions d'un passé que j'avais depuis longtemps refoulé. Alors que le temps suspendait son vol et que je fus insufflé par des connaissances jusque-là imprévues, je ressentis des sensations tactiles de paix, de sérénité, d'amour infini, d'unité avec le reste du cosmos qui me firent penser à une sorte d'orgasme psychique, à une inexprimable union avec le divin et le surnaturel. Ne me pose pas de questions. Les mots me manquent.

II

Baruch habah. Sois le bienvenu. Mes parents avaient l'air bien reposés et avaient perdu cette triste pâleur urbaine qui amoche les citadins ; leurs yeux rayonnaient d'une sérénité numineuse. Nous parlâmes de ceci et cela, sujets arrachés à l'improviste. La vie. La météo. L'économie. La cupidité des dirigeants. L'imbécillité des dirigés. Le goitre de tante Ernestine. La bar-mitsvah du petit Adam. Nous continuerons nos causeries tard cette nuit.

♦

Je ne peux te dire à quel point je fus ravi d'être présenté à mon grand-père maternel. Il avait quitté Yésode le jour de ma naissance, pour ne jamais y revenir. Je fis aussi connaissance de mes grands-parents paternels, assassinés avec deux de leurs fils dans l'un des camps d'extermination du Troisième Riech. Ils semblaient s'être remis de leurs épreuves ; ils étaient plus vieux, plus gris qu'ils n'apparaissent dans le portrait de famille jauni, l'élégant trois-pièces brun et le feutre que mon grand-père portait, et l'avenant ensemble de soie beige au col de dentelle de ma grand-mère, fanés, émoussés par les années.

À leur tour, ils me présentèrent à mon arrière-grand-père paternel, Fabien, celui qui se vautre encore dans les souvenirs amers de son enfance, « Fabien le fiévreux » qui avait raconté à mon père en sanglotant les présumées indignités qu'il avait endurées aux mains de son père, Abraham, et de la jeune femme qu'Abraham avait épousé un mois après la mort de Léah, la mère de Fabien.

Abraham, un châle de prière autour de ses épaules, tenta un vague sourire symbolique, le genre de salut évasif que les gens échangent lorsqu'ils se rencontrent pour la première fois. Nous ne nous sommes pas serré la main. Avec cinq générations qui nous séparaient, le sang qui coulait dans ses veines et les miennes, le sang d'Abraham et d'Isaac et de Jacob, de David et de Salomon, qui sait, peut-être même celui du Juif nommé Jésus, semblait dégarni de toute pertinence dynastique. Relégué au statut mythique, le patriarche honni m'examina de la tête aux pieds avec un mélange de curiosité et d'indifférence. Il ne prononça pas un mot.

Alors que je traversais ce conclave ancestral, je refis connaissance avec une foule d'oncles, de tantes et de cousins que je n'avais peut-être jamais connus, d'autres que je n'avais fréquenté que rarement avant de quitter Yésode. Eux aussi ne me montrèrent qu'un égard superficiel, proférant des banalités accompagnées d'un hochement de tête, un sourire figé ou des grognements monosyllabiques. Heureusement, ils m'épargnèrent l'ennui du papotage.

Ce soir-là, nous nous sommes tous réunis autour d'une grande table ronde ornée de plats de *kishka* et de *latkes* croquantes, de soucoupes de *gefilte fish* assaisonné au raifort, de feuilles de vigne bourrées de riz parfumé au safran, de plateaux de mamaliga [polenta] barbouillée de crème fraiche et de soupières pleines de *cholent*, un méli-mélo savoureux de pommes de terre, d'orge, d'haricots, de carottes, d'ail, de champignons et d'oignons frits. Nous consommâmes du cidre, du schnaps et de l'eau-de-vie de prune. Et cela étant Pourim, nous nous sommes aussi régalés de *hamantaschen*, petites rondelles à la râpe, à l'abricot et aux pruneaux en forme d'oreilles, celles de l'ignoble vizir persan Haman, les appendices par lesquels, selon la légende, il fut pendu pour venger ses complots génocidaires contre les Juifs.

◆

Les Juifs célèbrent la victoire en mangeant. Ils revivent les persécutions, les exodes, en s'abstenant. Nous pleurons la catastrophe et la mort, et nous expions le péché en jeunant. Notre histoire est repue de fêtes et d'allégresse, de déboires et de souffrances. Les cala-mités, on nous dit, sont un châtiment, la récompense de Dieu pour la débauche et l'impiété de son peuple. Aucun désastre, aucun tourment, aussi impénétrable et cruel soit-il, n'est anodin parce que chaque événement, chaque revers, chaque tragédie est la manifestation de la volonté de Yahweh. Nous tolérons—viscéralement peut-être—les bouleversements, le chagrin et la misère parce qu'ils signalent la purification et la rédemption encodées par Dieu lui-même. Dieu a décrété que les Juifs ne peuvent défier leur destin en répudiant l'héritage de Moïse sans déchaîner sur eux les supplices de la Géhenne. C'est pourquoi les Juifs assimilés de la diaspora vivent dans un état d'anxiété contrôlée, les nouveaux Cananéens avec encore plus d'urgence.

--Ça finira quand, demanda Abraham rhétorique-ment, ses yeux fixés vers le ciel, son poing droit martelant doucement le côté gauche de sa poitrine, ignorant que son petit-fils, sa femme et plusieurs de leurs enfants avaient péri, qu'ils n'étaient que des statistiques dans le calcul nihiliste de la Solution Finale. Personne n'avait eu le cœur de lui en faire part. Ou alors sa mémoire de l'avenir lui avait fait défaut. Cette forme d'amnésie induite épargne les vieillards le traumatisme d'en savoir trop ce qui, tout le monde sait, peut les rendre fou. Mes proches se regardèrent avec inquiétude pendant un moment, et se remirent à manger.

--Jamais ! je répondis, brisant un silence de plomb. Après tout, ne sommes-nous pas le « peuple élu ? » Mon père, qui avait saisi l'amère ironie de ma riposte, sourit et se versa un autre coup d'eau-de-vie. Ma mère me regarda, un homme adulte, comme elle m'avait toujours toisé—une poule admirant son poussin nouvellement éclos. C'est un regard qui m'avait fait honte quand j'étais garçon, mais dont la tendresse réconfortante me réchauffa le cœur.

III

Je me réveillai tard ce matin-là d'un sommeil profond dépourvu de rêves, l'arôme du festin de la veille flottant encore dans mes narines. Nous nous étions retirés dans le salon après le diner, mes parents et moi. Nous bavardâmes tard dans la nuit, abordant le sacré et le profane, du sublime au ridicule : la politique ; l'économie ; le coût ahurissant de la guerre ; le réchauffemen de la planète et l'extinction imminente ; les cancans de famille ; la vie, quoi. Je leur racontai combien la fièvre préélectorale avait embrasée Yésode, comment la stupidité, le chauvinisme et la torpeur intellectuelle, et non pas la raison, guidaient les électeurs, et comment un autre « conflit régional, » cette fois-ci bien trop proche, menaçait d'enflammer les états voisins. L'une après l'autre, les grandes nations industrielles, affaiblies par l'hyperinflation, la montée en flèche de la dette nationale, le chômage et les troubles sociaux, titubaient vers l'anarchie.

— Les hommes sont dingues, lança mon père. De mon temps …

— Cruels, égoïstes, voraces, inassouvis, corruptibles, j'ajoutai. De tous les temps, non seulement du tien. Fais le compte, Papa, imagine un peu : À l'aube, ils se servaient de leurs crocs, leurs griffes, leurs poings. Plus tard, ils ramassèrent une pierre, une ramure, un os et le carnage commença. À midi, ce fut une averse de bombes. Les obus à fragmentation déchirent, balafrent, scindent. Les bombes incendiaires carbonisent tout ce qu'elles touchent. Certains projectiles produisent des ondes de choc capables de pulvériser le granite. Le napalm, comme le plomb fondu, colle à la chair et la dévore. D'autres dispositifs répandent la peste, l'anthrax, la variole. D'autres encore paralysent, asphyxient, aveuglent. Les bombes à neutrons étouffent la vie mais elles épargnent les bâtiments, les monuments, les mausolées. Une bombe binaire est deux fois plus mortelle qu'une seule dose d'agent neurotoxique. Sur les planches à dessin sont confiés les secrets d'un fléau qui tuerait les pauvres, les souffrants, les simples d'esprit, les déments, les insoumis et les dénonciateurs. On parle même de bombes génétiquement programmées à cibler certaines races. Il y aura peut-être un dispositif qui supprime les octogénaires, surtout ceux qui savent que d'autres engins mortels suivront, qui l'affirment à haute voix et qui prédisent qu'on ne pourra bientôt plus se cacher, ni même dans un rêve.

Un silence assourdissant accueilli ce post-mortem, un silence qui durcit comme la matière et nous immobilisa pendant quelques instants.

◆

Les hommes sont fous, avait protesté mon père à juste titre. Certes, mais il existe cependant des troubles psychiques si mal définis, si subtils, si adroitement dissimulés, et si inaperçus qu'ils échappent même à ceux censés de reconnaître les innombrables visages derrière lesquels ils se cachent. Est-il dément celui qui prétend être sain d'esprit ? Est-il fou celui qui fait semblant de l'être ? Est-ce qu'un comportement « réglementaire » fait preuve de raison ? Est-ce que les clowns sont fadas ? Leurs bouffonneries seraient-elles sanctionnées en dehors du cirque ? Ce n'est qu'un jeu de rôle, vous dites ? Et les automobilistes qui dépassent consciemment les vitesses limites, ne sont-ils pas désaxés? Et les citoyens qui se présentent aux urnes et votent pour des candidats ineptes et pourris sous l'absurde prétexte qu'ils participent au « processus démocratique » — sont-ils maitres de leurs facultés ? Ou sont-ils des crétins qui méritent les vauriens qu'ils ont élus ? Est-ce que le soldat qui pointe son fusil vers un ennemi qu'il ne voit peut-être pas, qu'il ne connaît surement pas, et dont il ignore l'humanité primordiale, est-il déséquilibré, ou fait-t-il semblant de tirer à blanc afin d'alléger sa conscience — s'il en a une ? Sinon, s'il trouve dans l'homicide une justification morale et éprouve une sorte de jouissance intime, est-il toqué, un scélérat ou un débile inguérissable ? Est-ce que les boxeurs qui se bousillent le portrait saisissent l'absurde bestialité de leur sport ? Est-ce que leurs combats sembleraient-ils moins sauvages s'ils n'avaient pas l'air d'y prendre plaisir ? Et les enthousiastes qui bavent à la perspective d'un knock-out sanglant, ne sont-ils pas tout aussi malades ?

Et les fanatiques religieux que personne n'invite, ces intrus qui forcent les indigènes à couvrir leurs génitales sous prétexte que la nudité est un péché, qui gavent leurs enfants de concepts biscornus, qui banalisent la culture de leurs parents, et qui dévalorisent leur identité, ne sont-ils pas des psychopathes dangereux ? Et les « prophètes, » furent-ils des simples pronostiqueurs ou des perfides trublions démontés par le zèle, des envoûtés, des conspirateurs aveuglés par un tel amour pour Dieu qu'il se transforme en haine, des devins qui débitaient des charades et confabulations ésotériques, des intrigants roublards portés à semer la peur et le désordre, des vendeurs de rêves, des démagogues qui déconstruisent la réalité et répandent des imitations bon marché d'une fausse et insaisissable Utopie ? Leurs intentions étaient-elles nobles, ou souffraient-ils d'une mégalomanie aigue, d'angoisse et de thanatomanie, cette morbide hantise envers la mort ? N'auraient-ils pas tous été enregistrés « bon à enfermer » ou traités d'imposteurs si le corps médical moderne ne refusait lâchement de les voir tels qu'ils etaient — des paranoïaques qui peignaient tout phéno-mène inexplicable comme l'avatar d'une entité invisible, insaisissable et inconnaissable ?

Si on enfermait les hommes afin de réprimer leurs tendances naturelles, les prisons et les asiles de fous déborderaient. On ne sait pas trop pourquoi mais la folie (comme le crime) semble moins condamnable quand elle infecte les magnats, les patriotes « *mon pays avant tout,* » quand elle ignore les mensonges, absout l'injustice, légitime la corruption et les chicanes politiques, quand un évangélisme acharné et les mouvements charismatiques envahissent les structures gouvernementales, quand des guerres frauduleuses, immorales, et ingagnables qui enrichissent les banquiers et les armuriers sont menées loin de chez soi au nom de la « défense nationale, » alors que la liberté d'expression est traitée d'hérésie, et que les codes de conduite vertueuse sont résiliés afin de protéger les intérêts des élites nanties.

À chaque époque, les mouvements utopiques ont paradoxalement provoqué des ébranlements dystopiques et éveillé la profonde animosité qui existe entre des peuples qui auraient dû apprendre à se tolérer, peut-être même à s'entendre. Nous sommes des êtres ambivalents, bagarreurs, têtus, d'humeur inégale, et d'une nature schizophrène qui nous permet d'aimer et de haïr en même temps, et de croire que nos berlues sont logiques et fondées sur des vérités éternelles.

◆

Les souvenirs interrompent le fil de mes pensées. Je regarde mon père. Paris est une séductrice irrésistible mais son chant de sirène, dans l'intérêt de ses études médicales, sera pendant un temps mise en sourdine. Contraint de travailler—ses parents étaient pauvres—il gagne ce qu'il peut. Deux fois par semaine, il est garçon d'ascenseur de nuit dans un hôtel cossu du 16ème arrondissement. Le matin il est plongeur dans la cuisine de l'hôtel en échange d'un petit déjeuner et d'un bain chaud. Une fois par mois il vend son sang. Entre les classes d'anatomie et de biologie, il est répétiteur à domicile ; il décharge des camions aux Halles ; il entraîne des malheureux qui se croient boxeurs dans un gymnase qui pue la bière, le pipi, et la sueur, et où les rêves de gloire dans le ring sont récompensés par la défaite, le défigurement, l'abrutissement, la démence, la misère, et la mort prématurée.

IV

Ma mère, qui aime les animaux, parle de la barbarie de la tauromachie et la de cruauté de ses aficionados.

—Ce ne serait qu'un spectacle obscène, même si les taureaux consentaient à se prêter aux supplices qu'on leur inflige et à la mort qui les attend, dit-elle.

Mon père se rebiffe contre les sportifs, la plupart, il souligne, « des êtres quelconques qui, sans leur taille, leur musculature ou leur dextérité avec un ballon, crosse de hockey, raquette, club de golf et gants de boxe vivraient tous dans l'obscurité au lieu d'être divinisés et de commander des salaires démesurés. »

—Et que dire des nullités, hommes et femmes, dont la popularité dépend bien moins de leur talent fictif que du renom que seul le culte du héro et le voyeurisme d'un public dépourvu de goût leur a permis de remporter !

Il a fallu recourir à des paradoxes pour adoucir les idées noires que nos propos risquaient d'engendrer.

◆

Mes parents, qui m'avaient expédié à l'autre bout du monde afin d'échapper à la conscription et une mort quasi certaine dans une guerre sanglante loin de chez nus, changèrent de sujet.

—Eh bien, tout est derrière toi maintenant, dit mon père. Je pouvais toujours compter sur lui pour voir le bon côté des choses, même dans des moments les plus sombres.

—Sans compter, précisa ma mère, qu'on est enfin tous réunis ici à Ein Sof. Alors, tu restes, elle demanda, un soupçon de sarcasme bon enfant soulevant un sourcil interrogateur, ou es-tu « en transit ? »

—On verra Maman, on verra.

—Oh, fiche-lui la paix. Il vient à peine d'arriver, grogna mon père.

—Je n'ai pour l'instant aucun projet fixe, j'intervins. Je ne peux jurer avoir dit la vérité.

◆

L'enceinte familiale était dans un état d'animation frénétique. Ma mère préparait le petit-déjeuner. Mon père parcourait le Courrier d'Ein Sof, un hebdomadaire communautaire qui répand plus de potins que de nouvelles, alors que les airs mélancoliques du Tombeau de Couperin de Ravel s'élevaient en arrière-plan. Oncle Lazare, celui qui avait relevé sa souricière Fékété de ses fonctions après une douzaine d'années de service assidu, nourrissait un chaton. Je me souviens quand l'excentrique Lazare avait prononcé un discours louant Fékété pour sa loyauté infatigable envers les devoirs félins et l'avait présenté à son successeur, Orozlan. Ce dernier, il s'est avéré, s'amusait avec ses proies et les souris cette année-là se reproduirent hors de contrôle. Fékété a dû être rappelé en attendant qu'un tueur plus industrieux puisse enfin être mis au travail.

L'épouse de Lazare, Hélène--elle m'avait fait cadeau d'un chandail d'enfant parce que son souvenir de moi était celui d'un garçon de vingt ans plus jeune--faisait bouillir un boisseau de pommes vertes dans une grande cuve en cuivre. La marmelade d'Helen était légendaire, pour ne rien dire de ses persiflages. Blasphématrice douée, dotée d'un riche lexique de grossièretés, Helen n'hésitait pas à soulever sa jupe, à montrer son derrière, et à lancer un barrage d'obscénités envers ceux qui la contrariaient.

Sam, l'oncle de mon père, celui qui refusait à ses proches un verre d'eau alors qu'il invitait des clochards à sa table, se disputait avec sa femme, l'acrimonieuse Mima. Dépareillés dès le début, le vieux couple se nourrissait de rancœur et d'antagonisme, Mima victime d'une schizophrénie latente, Sam (Chmiel en famille) en proie à des excentricités ahurissantes et des accès de misanthropie qui surpassaient celles de sa femme et exaspéraient ses intimes les plus tolérants. On se demande encore comment ces deux énergumènes réussirent à procréer deux fils. Les médisances animent de ce jour des plaisanteries scabreuses. Ceux qui ne connaissaient Mima que de loin confondaient sa rigidité et ses renfrognements avec l'ascétisme héroïque d'une éclairée. Mais ses lèvres pincées, ses regards furtifs et son irascibilité trahissaient une méchanceté frôlant la pathologie. Mon père, qui ne serait ni dupe de la fausse solennité de son comportement, ni tolérant de ses crises coutumières de colère, me dira que Mima était une amère virago même dans sa jeunesse.

—Elle réussira à se faire détester par tous ceux qui croisèrent son chemin. Personne ne pouvait la piffrer. Elle dévora son mari dès le début. Nous nous sommes tous demandé ce qu'il avait pu voir dans ce monstre cracheur de feu.

Reconnaissable par son pince-nez et sa moustache touffue, mon grand-père maternel, poète, journaliste, juriste et sosie de Teddy Roosevelt, nettoyait un pistolet, celui avec lequel il avait tué l'homme qui l'avait offensé. Ce combat, l'apogée de plusieurs semaines d'invectives et de contre-offensives minutieusement rapportées dans la presse, coûta à mon grand-père, qui n'avait jamais possédé une arme à feu, un séjour agrémenté par une justice coupable de clientélisme. Il s'en tira de justesse. Poursuivi à contrecœur par un magistrat sympathisant (son rival était mal vu, duelliste chevronné et tireur d'élite), mon grand-père fut condamné à trois mois de prison. Il y passa une quinzaine de jours dans une cellule adjoignant le bureau du geôlier où il continua à écrire, à recevoir sa famille et ses amis et à faire des gueuletons. Le reste de sa peine sera réduite au temps purgé et il fut libéré sur bonne conduite. De son temps, comme du notre, les privilégiés et les pleins-de-sous sont rarement mis en taule pour très longtemps.

Je n'aurais jamais reconnu Oncle Vlad, l'un des cousins de mon père, si je ne l'avais pas surpris en train d'éplucher des raisins avec un canif et de ramasser des miettes de pain en mouillant un doigt et le promenant sur la nappe—une routine que j'avais observé avec stupéfaction, tel qu'on lorgne un tic nerveux, des poils de nez saillants ou une braguette ouverte. Les traits de Vlad semblent figés dans une grimace permanente, sa lèvre supérieure arquée d'une façon menaçante, ses narines s'évasant comme si une odeur nauséabonde le poursuivait, une bouderie diffusant l'hostilité et le déplaisir gravée sur son visage. Il souffre d'un autre automatisme : Il se lave les mains une centaine de fois par jour avec une fougue trahissant un état perpétuel de dégout. À sa portée s'élève une pile de serviettes en papier et un grand verre d'eau qu'il recharge avec une régularité maniaque d'une carafe que sa femme est tenue de remplir. Une carafe mi-pleine suscite une litanie de jurons. Toutes les demi-heures, il froisse une serviette et la trempe dans le verre. Il frotte ensuite la paume et le dos de ses mains avec une véhémence suggérant un trouble obsessionnel compulsif. Je l'appelle Lady Macbeth. La peau de ses mains a acquis la blancheur écœurante de poulet bouilli. Je l'imagine encore garçon, en train de se masturber furieusement et j'évoque des scènes de colère maternelle pour avoir « renversé sa semence » et « pollué ses mains en présence de Dieu ! » Vlad a mauvais caractère. Son comportement invite mes fantasmes. Je ne l'aime pas. Ses manies alimentent mon antipathie.

Assise en face de Vlad, tante Malka berce deux vieilles poupées dans ses bras et fredonne en Yiddish une berceuse mélancolique, celle qu'elle susurrait tous les soirs en endormant ses fillettes.

— *Schlouf, schlouf meine sheine meidele*... Faites dodo mes jolies petites filles.

Son mari (et cousin germain) Louis, l'aîné des deux fils que Chmiel et Mima avaient enfantés, met au point un engin style Rube Goldberg conçu, selon lui, pour « étirer » le temps. Vétéran de la Nouvelle-Guinée, des Philippines et d'Okinawa, Louis est intelligent mais manque d'ambition. Il gagnera sa vie en repassant des cravates dans un atelier de confection de vêtements au *Garment District* de New York. Louis et Malka conçurent deux filles, Perle (Pnina), l'ainée âgée de huit ans, sa cadette, Chérie, couvant dans le ventre de sa mère quand je les rencontrais pour la première fois. Dépassant la soixantaine, Chérie, ma jolie petite cousine aux yeux rêveurs est schizophrène. Je l'ai surnommée « la vengeance de Mima. »

Oncle Jean, le frère de ma grand-mère maternelle — nous l'appelons tous Néné Jean — fume une cigarette turque. Lançant des anneaux aromatiques vers le plafond, il déclame des vers de Baudelaire, Longfellow, Byron, Poe et Virgile. Son épouse, Tante Yetty, femme autrefois jolie mais niaise, adore son mari. Allongée sur un sofa. elle l'écoute avec extase, les yeux fermés, la bouche entr'ouverte.

Mon aïeul Abraham, son regard perdu dans les nues, cherche dans ses prières muettes à un Dieu sourd et aveugle l'expiation de péchés qui ne peuvent jamais être acquittés. Son fils Fabien, revivant son passé, pleure dans ses mains comme il l'avait fait des années plus tôt sur l'épaule de mon père. Je regarde Fabien, rejouant sa cabale désormais légendaire dans mon esprit. Trente jours après la mort de sa mère, après s'être livré à des modalités théâtrales de deuil, de lamentations, de martellements de poitrine, et de dialogues larmoyants à sens unique avec Yahweh, son père Abraham s'était remarié. Sa nouvelle épouse, une jolie jeune femme qu'il avait baisée quand Léah faisait le marché, lui fit trois enfants. Fabien n'était qu'un adolescent quand il fut apprenti dans une usine de savon et de bougies à plusieurs kilomètres de chez lui. Quand il rentrait à la maison en visite, on le nourrissait, disait-il, de restes et le forçait de dormir sous les avant-toits dans la chaleur étouffante de l'été et par des nuits d'hiver glaciales. Sa marâtre lui faisait faire des corvées dégradantes et prenait plaisir à l'humilier devant ses propres enfants. C'est du moins ce qu'il prétendait en gémissant :

—Mon père Abraham cédait à la frivolité et méchanceté de sa femme. Il n'a jamais intercédé. Ils ne m'ont pas expulsé dans le désert comme Ismaël ; ils m'abandonnairent dans un terrain vague où l'amour et la tendresse ne poussent pas. Je n'ai pas été offert en sacrifice à Dieu ; j'ai été immolé sur l'autel de l'indifférence.

◆

Abraham s'éveille de ses prières comme quelqu'un qui sort d'une transe. Il balaye d'un regard triste la grande salle commune. Il cherche sans doute une paire d'yeux bienveillants. Me voyant, il me demande, inconscient de l'incongruité de ses questions :

—Quel temps fait-il dans mon *chtettel,* mon village ?

Les coquelicots sont-ils en fleurs ? Les cigales gazouillent-elles ? L'air est-il rempli de la douce odeur de lavande ? Les jeunes filles dansent-elles à la foire ? Portent-elles des rubans rouges dans leurs cheveux ? Comment va notre rabbin bien-aimé, Shlomo ben David ?

Tous les yeux se tournèrent vers moi.

—Pardonne-moi Abraham, je répondis, une immense pitié rongeant mes entrailles. De puissantes tempêtes viennent de ravager la vallée de Yésode, déracinant des arbres comme s'il s'agissait de brindilles, tuant une dizaine de personnes et déclenchant des tornades et des inondations. Douze maisons furent gravement endommagées. Des coulées de boue rendirent plusieurs routes impassables. On dit que le réchauffement de la planète et la montée des mers s'aggravent et le font plus rapidement que jamais. La situation est une chronique du chaos climatique dont nous serons héritiers.

L'incrédulité et la lassitude couvaient dans les yeux ruisselant de larmes d'Abraham.

—Mais …

J'aurais dû mentir. J'aurais dû lui dire ce qu'il avait tellement besoin d'entendre. Cela aurait été une *mitsvah*, une bonne action. Moi et ma grande gueule.

—Assez ! Mima hurla, pointant un doigt menaçant vers moi. Personne ne s'adresse à Abraham, entends-tu ? Pas un mot !

—Et pourquoi pas ? Je sentais le sang bouillir dans mes veines. Mon père mis son bras autour de mon épaule, me conduisit vers un coin neutre et chuchota :

—Laisse tomber. Je t'expliquerai plus tard.

Une profonde amertume gravée sur son visage, Abraham s'enroba dans son châle de prière, vissa la calotte sur sa tête et rejoignit le royaume sacré qui lui sert de refuge. L'Élégie de Rachmaninov servit de fond sonore. Les supplications d'Abraham se transformèrent en lamentations. Il se mit à pleurer.

J'eu envie d'hurler.

V

Tu dois sûrement te demander à quoi ressemble Ein Sof. Il est trop tôt pour en faire l'esquisse avec certitude. Ce que je peux t'affirmer, c'est que c'est un univers dont je n'aurai jamais pu m'imaginer, un lieu où règnent l'oubli et la rancune, un domaine étrange, lointain et vaporeux accoutré d'une insensibilité torpide envers tout ce qui n'est pas Ein Sof. Et pourtant, je lui trouve aussi un visage reconnaissable et exaspérant, l'incarnation de toutes les petites bourgades où le commérage est lingua franca et que j'ai vite abandonnées alors que je me croyais cheminer vers un insaisissable Eldorado.

À première vue, tu reconnaitras Ein Sof pour ce que c'est : un n'importe quoi, un n'importe où, un n'importe quand, la copie carbone d'un millier d'urbanismes érigés pêle-mêle sans scrupules ou regrets envers les conséquences d'un surpeuplement étouffant. Et comme tous les avant-postes en plein essor, c'est une communauté si insensible aux rythmes et aux convulsions qui secouent le monde loin de ses enceintes, qu'elle se proclame le centre de l'univers. En apparence bucolique et accueillant, entravé dans son for intérieur par tous les formalismes et les mœurs que les transplantés ont apportés avec eux, c'est un domaine donné à l'ethnocentrisme et à un tribalisme religieux farouche. Ses habitants sont liés — ou clivés — par une ascendance, une culture, et une doctrine communes. Endurcis par la coutume et les rituels répétitifs plutôt que par une intolérance codée, leur élitisme semble dépouillé de toute hostilité manifeste. Ce n'est qu'une façade. Demande aux Immortels (c'est ainsi que les citoyens d'Ein Sof se surnomment avec un snobisme gargantuesque) de justifier leur mandarinat et ils te diront qu'ils favorisent les mœurs de leurs ancêtres et se protègent contre les influences « extérieures. » C'est un argument faible sans cesse répété et défendu avec véhémence et entêtement. Ce sont les mêmes âmes qui affirment qu'on trouve la réponse à toutes les questions en y posant le moins possible. Tous, ou presque, prêchent la vertu en postulant que la vertu ne peut pas être enseignée. Ils cultivent des arguments spécieux ou illogiques pour justifier leur sectarisme tout en rejetant les valeurs tout aussi dogmatiques de leurs voisins. Protagoras (490.-420 av. J.-C.), qui déclara que l'homme est la mesure de toutes choses, et qu'il n'y a pas de vérité objective, aurait été fier. Hier comme aujourd'hui, tout ce que nous croyons être vrai—doit l'être

Indépendamment de leur race ou de leurs croyances, les Immortels mettent l'accent sur ce qu'ils appellent une vie sans prétention—tenue simple, cuisine séculaire, modestie et langage tempéré. Il est inutile de les convaincre que ce qu'ils considèrent comme simplicité, humilité et austérité n'est qu'ostentation, duplicité et vanité. Cette perception, s'ils l'avouaient, serait émoussée par ce qu'ils prétendent être leur tempérance.

En effet, les Immortels évitent toutes les commodités indispensables, même le téléphone. Leur répugnance postiche envers les rapports à distance provient de leur conviction que « cet appareil infernal, » comme ils le décrivent, interfère avec un mode de vie quasi-monastique qui dépend en grande partie d'une séparation consciente des mondes et des tempéraments qui ne sont pas les leurs. Le téléphone, insistent-ils, invite le « monde extérieur et envahi le foyer. » Il empiète sur la vie privée et le caractère sacré de la famille. Ceci dit, presque tout le monde a un téléphone, convenablement dissimulé et utilisé, ils disent, « uniquement en cas d'urgence. » Les Immortels ne font aucun effort pour convaincre leurs voisins de leur droit de ne pas être comme eux. La réalité, insistent-ils, ne peut être comprise que par ceux qui l'engendrent. C'est une façon de rationaliser leur existence isolationniste.

La vie, pour ainsi dire, tourne autour de l'enceinte familiale, centrée sur des activités partagées qui rappellent les établissements communautaires déchus des années 1960. Ceux qui transgressent contre l'ordre établi du clan sont honnis. Tout comme Abraham, les inadaptés et les méprisés vivent dans une zone crépusculaire de silence forcé et de contact humain réduit. Ils peuvent s'exprimer, mais personne ne répond.

Les concepts clés qui forment le cœur de l'éthique collective d'Ein Sof comprennent le rejet de l'orgueil et le culte de la méfiance, de la sérénité et de l'équilibre, principes souvent interprétés comme « soumission » ou une forme du « lâcher-être » bouddhiste, mais mieux compris comme une réticence d'être considéré présomptueux, narcissique ou têtu. Les Immortels prétendent accorder une grande importance à l'harmonie (même s'ils ont recours à la zizanie pour la restaurer) en adhèrant à une hiérarchie stricte. Le mépris des règles établies, un comportement ou un langage menaçant l'uniformité idyllique à laquelle aspirent les Immortels, et la violation de l'ordre hiérarchique sont sévèrement censurés.

Ce que les Immortels craignent le plus, est le danger que les non-conformistes, les critiques et les dissidents posent envers les normes établies. Ce fut avec une certaine réticence et chagrin que mes parents, conscients des aspects baroques de ma vie et des grandes polémiques que mes écrits suscitent encore, se sentirent obligés de décourager toute tentative de ma part de bafouer le statu quo. Haussant les épaules, mon père m'expliqua que les Immortels accordent une grande importance au maintien de l'unité du clan.

— Leur empressement à se soumettre à des codes qui entravent le libre arbitre semble endosser l'égoïsme flagrant, la méfiance et l'hostilité si évidents dans leurs vies quotidiennes. Tu devrais peut-être prendre note de cette dichotomie, a-t-il ajouté.

— Leurs codes encouragent l'égoïsme et la vanité à s'implanter même dans un endroit éloigné tel qu'Ein Sof, lança ma mère.

— On dirait que les vertueux se réfugient toujours dans le paradoxe, je m'hasarda. Mon père se marra. Ma mère rayonnait de fierté pour le fils qu'elle avait enfantée.

Il n'est pas étonnant que les membres des clans voisins qui vivent dans des enclaves autonomes et sont liés par les mêmes restrictions sociales et obligations familiales, traitent les étrangers avec la même incivilité. Ils se reconnaissent mutuellement avec un flegmatisme glacial ; ils prennent rarement le temps d'échanger quelques mots. « Séparés mais égaux » me vient à l'esprit.

Égalité sans justice est une farce.

♦

Je me suis vite rendu compte que je respirais l'air de la sorcellerie et de l'angoisse. Non, ce n'était pas un occultisme moyenâgeux mais le satanisme subtil des idées homogénéisées. Si les légendes, les traditions, et les convictions rigides influencent le raisonnement, le comportement, la notion du cosmos, de Dieu, et de l'après-monde des Immortels, elles sont aussi forcément le chaudron dans lequel mijotent toutes leurs craintes, préjugés, et hostilités d'abord dissimulés et bientôt manifestés avec la violence et animosité d'un œil-pour-un-oeil. Alors que la liberté de pensée est tolérée—presque—la liberté d'expression ne l'est pas. La dissidence ouverte, les discours radicaux et l'éveil à la racaille qui enflamment l'imagination et attisent l'intellect, sont strictement interdits car ils menacent la base du pouvoir et troublent l'unité structurelle des gouvernés. La liberté de conscience personnelle, au sens littéral, est un luxe dont se privent les Immortels en échange à la cohérence sociale du groupe et à l'inertie intellectuelle apaisante que le pseudo-consensus accorde. La notion du clan archétypal est celle d'un monolithe, un cartel d'individus apparentés qui se soumettent à une pléthore de commandements, de décrets, de règles transmises de bouche à l'oreille, et de tabous qui découragent, non, qui écrasent l'individ-ualité et l'autogestion. Les Immortels rejettent la philosophie, système de raisonnement guidé par la logique en faveur de la foi, qui nous est imposée de force par des prophètes — anciens et modernes — leurs commandements, leurs injonctions et une stricte adhérence à des traditions dont le sens et l'utilité se perdent dans le brouillard du temps. Guidés uniquement par l'habitude, les hommes s'égarent. Une éthique qui rejette ou contourne les traditions leur est inimaginable. C'est du moins ce qu'ils prétendent.

Les tentatives des Immortels de régler leurs affaires par la révélation et la tradition les ont claustrés dans un étrange contrat social qui décourage la liberté de pensée et interdit tout concept qui contredit leur vision d'eux-mêmes … ce qu'ils défendent farouchement. Sous un tel système, les hommes ne sont pas unis par la libre association ; ils sont dirigés par une « autorité supérieure » composée de « pasteurs » autoproclamés et soumis à des crédos arbitraires auxquels ils doivent professer une allégeance inconditionnelle. Menacée jusqu'à la moelle par la pensée rationnelle dont elle tente obstinément de faire taire, une telle société ne peut survivre que si elle fait face au monde extérieur affublée d'un masque de belligérance et d'inflexibilité.

Les lecteurs avertis reconnaîtront peut-être dans ces caractérisations au moins une nation qui a gagné, à juste titre, le statut de paria.

VI

Assoiffé d'air frais, je sorti ce matin de l'enceinte familiale. J'avais hâte d'explorer ce dernier mouillage vers lequel les événements m'avaient involontairement transporté.

Les pleurnichardes incessantes de Fabien, attendrissantes au début, plus aigües et dramatiques lorsqu'elles sont assurées d'un public, m'étaient devenues intolérables. Je supporte les larmes pendant un certain temps. Au début sincère, mon empathie tourne à l'impatience et à l'animosité.

Mima et Chmiel étaient en pleine forme, elle dans les affres d'une rigidité catatonique dans son fauteuil à bascule, ses lèvres pincées, ses yeux embrasés lançant des flèches empoisonnées vers tous ceux qui croisaient son regard ; lui agité et grincheux. Mon grand-père maternel huilait le canon de son revolver et polissait le museau avec un chamois. Dans le jardin, Lazare parlait au chaton qu'il avait adopté comme à son propre fils.

—Tu vas grandir et éclipser le vieux Fékété. Ça dépend de toi. Mange de bon cœur. Suis tes instincts. Et, un jour, quand tu auras attrapé ton quota de souris, tu seras toi aussi mis à la retraite et tu pourras ronronner sur mes genoux.

Abraham, statuesque, transcendant, presque divin

dans son châle de prière bordé d'or et sa crinière blanche invoquait Samuel :

... Je suis dans une cruelle angoisse. Ah ! Tombons entre les mains de Yahweh, car ses miséricordes sont grandes ; mais que je ne tombe pas entre les mains des hommes. »

Lui faisant concurrence, Néné Jean, un mégot jauni entre ses lèvres, récitait un poème du barde hongrois, Sándor Petöfi, alors que Tante Yetty se prélassait sur le canapé damassé, ses mains blanches reposant sur son corsage en guirlande de dentelle :

Combien de gouttes d'eau dans l'océan ?

Peut-on compter les étoiles ?

Sur la tête combien de cheveux ?

Ou de péchés dans le cœur des hommes ?

Oncle Bernard, « Néné Boubi, » le mari de Tante Fanny (j'étais encore enfant quand il émigra à Ein Sof) jouait à la canasta avec ma mère. Un homme robuste et jovial arborant une moustache chaplinesque, il souffrait d'une forme légère de Tourette qui déclenchait tour à tour grimaces, clignotements et grognements porcins. Malgré tous mes efforts, je n'ai jamais pu réprimer l'envie de rire, ce que le galant Néné Boubi pardonnera avec autant d'humour que de bienveillance.

Tante Lucie, un faux chignon ornant une tête presque chauve, tapait le sol avec sa canne. Ayant atteint le vénérable âge de quatre-vingt-quatorze ans, elle souffre de flatulences chroniques et le bruit de sa canne frappant le parquet, croit-elle, couvre le barrage de pets qu'elle émet toutes les quelques minutes. Je me souviens quand elle raclait sa gorge ou bougeait sa chaise, un stratagème que les autres ne manquaient jamais d'ironiser :

— Bon. Ça va Lucie. Les effets sonores sont assez convaincants. Mais que faire du parfum ? Lucie faisait toujours semblant de ne pas entendre les galéjades et continuait à se racler la gorge et à frapper le sol avec sa canne.

De l'autre côté du salon, la petite sœur de tante Lucie, ma grand-mère maternelle Henriette, âgée de 90 ans et presque aveugle, lisait Amok, de Stefan Zweig, à l'aide d'une grosse loupe. Belle femme, pleine de charme et d'esprit, Henriette est une lectrice avide. Elle aime l'Histoire et « les grands de la littérature » — Toynbee, Gibbon, Flaubert, Balzac, Hugo, Du Maurier, Zola, Dostoïevski. C'était triste de la voir passer la loupe d'un œil plissé à l'autre. Athée convaincue, elle citait souvent Vicki Baum :

« *Être Juif n'est pas une coïncidence ; c'est un destin.* » Elle tira de cette épigramme bien plus qu'une simple vérité. Elle vivra assez longtemps pour voir le destin mis à l'œuvre, d'abord, la boucherie dont un grand nombre de Juifs seront victimes, plus tard, la création d'un état qui risque son avenir en oubliant son passé. La proposition selon laquelle certains peuples ont droit à une certaine parcelle de terre par « décret divin » est une sinistre aberration. Sans contrôle, tout pouvoir bascule vers la tyrannie.

♦

Quelques décennies plus tôt, les réceptions d'Henriette attiraient la crème de la société. Les invités se réunissaient pour passer une soirée agrémentée de délices culinaires et de très menus propos. Après avoir bien bouffés, ils se séparaient en groupes de quatre pour jouer au bridge, un jeu qui transforme les meilleurs amis en rivaux. Stimulés par tasse après tasse de café turc, grignotant de l'halva, des pistaches et du *rahat loukoum,* une sorte de guimauve saupoudrée de sucre parfumé, les joueurs s'attardaient jusqu'au petit matin, ce qui empêchait ma mère, mon père et moi de nous coucher. Ma mère était furax. Elle aimait les gens, à sa manière. Elle préférait ses livres, ses mots-croisés, ses réussites et son lit à l'ingrate corvée de remplir des tasses de café et de vider des cendriers. Elle baillait sans cesse et se refugiait souvent dans la salle de bain. Dégouté par un jeu durant lequel les partenaires se traitent « d'imbécile » et de « con, » énervé par le papotage mon père prenait l'air sur le balcon. J'étais obligé de dormir sur un divan dans un salon qui puait le tabac et d'être réveillé quand les convives, se levant enfin, se dirigeaient vers l'antichambre, se disaient des au-revoirs interminables, faisaient les éloges des mets succulents qu'on leur avait servis et vouaient de refaire tout ça « très bientôt. » Ma grand-mère savourait ces soirées. Elle aimait le monde. Paraphrasant Zweig, elle disait souvent que ce n'est qu'en faisant plaisir aux autres que la vie a un sens.

♦

—N'en dis pas trop. Ne pose pas trop de questions, me conseilla ma mère en m'accompagnant à la porte. Ne sois ni bavard, ni fouineur. Occupe-toi de tes affaires, ajouta-t-elle en époussetant les revers de ma veste. Et je te prie, ne t'aventure pas trop loin. Tout ne vaut pas la peine d'être découvert, elle plaida, son front arqué, un froncement de sourcils télégraphiant l'inquiétude.

Normalement, ce genre d'injonctions m'aurait énervé, m'incitant à exiger des explications et, l'anti-conformiste que je suis, enclin à les répudier d'emblée. Venant de ma mère, championne du libre-penser et de la curiosité intellectuelle qui avait donné des ailes à plusieurs de mes plans écervelés, ce genre de conseils me semblaient hors de propos, sinon déplacés.

— Explique-toi.

— C'est les dibbouks.

— Les quoi ?

— On leur donne d'autres noms. Il s'agit des démons qui habitent le corps d'un individu auquel ils restent amarrés. Évite surtout Lomakhome.

— Dibbouks, Lomakhome ? Qu'est-ce que tu racontes ?

— Chut, mon fils. Ne t'éloigne pas trop. Reste dans les parages. Et rentre à la maison pour le souper. Je te prépare un de tes mets préférés.

— Escargots au beurre et fenouil ?

— C'est ça. Et risquer d'être lapidé ?

◆

C'est dans ce quartier cossu d'Ein Sof où la vieille

noblesse et les vulgaires nouveaux-riches coexistent tout en se dédaignant mutuellement le long d'artères bordées de platanes et de pelouses soigneusement entretenues que j'entamais ma première promenade.

Maisons aux couleurs pastel. Toits de tuiles rouges. Clôtures blanches de piquetage. Jardins fleuris, potagers regorgeant de primeurs succulents. Un belvédère au centre d'un rond-point verdoyant. Des rues bien rangées et fraîchement pavées. Et, de rigueur, une fontaine publique où s'abreuvent les hirondelles et les badauds. Un air de printemps éternel sur un îlot de sérénité improbable. On n'y voit personne, pas une âme, si ce n'est qu'une silhouette imprévue, furtive, un spectre qui se déplace en toute hâte, comme s'il craignait d'être vu ou s'il fuyait la scène d'une calamité imminente.

Au printemps, en été et en automne, on dit, des équipes de travailleurs anonymes se réunissent tôt le matin pour aménager le terrain de golf et le parc au centre duquel se dresse une statue en bronze de Zénon, le père du paradoxe. Ils tondent l'herbe, taillent les haies et plantent des annuelles. Dans les heures sombres de l'hiver avant l'aube, ils déblayent des montagnes de neige et sablent les allées et ruelles glacées. Et pourtant, personne ne les a vus faire ces travaux—du moins c'est ce qu'on prétend. Tout le monde suppose que ces corvées sont réalisées, parfois en pleine nuit, par des volontaires anonymes. D'autres en savent bien plus.

Il n'était pas question de me perdre ce matin-là dans

un endroit que je connais à peine. Par prudence plus que penchant, je suivis une des artères secondaires d'Ein Sof, une longue route rectiligne bordée de saules dont les branches formaient une voute de verdure qui semblait s'étendre, autant que je sache, jusqu'à l'infini.

Je fis mon chemin le long d'une rangée de maisonnettes soigneusement entretenues, certaines arborant des drapeaux surdimensionnés, d'autres proclamant leur religiosité en érigeant des statues, des icônes sacrées et des symboles kabbalistiques, d'autres encore professant leur loyauté envers Dieu et à la patrie en avertissant les intrus que leurs domiciles sont défendus à l'aide d'un riche assortiment d'armes à feu.

S'élevant au loin, difficile à lire au début, plus clair à mesure que je m'approchais, un énorme panneau d'affichage surplombait la chaussée :

VOUS QUITTEZ EIN SOF

ET ENTREZ LOMAKHOME

PROCÉDEZ À VOS RISQUES ET PÉRILS

La route s'arrêta brusquement dans un amas de roches et de pavés brisés. Au-delà, un aven béant s'étendait devant moi à perte de vue.

VII

Les profondeurs stygiennes de Lomakhome s'ouvrirent devant moi comme un abcès suppurant. Enjambant un arroyo le long duquel coule, comme du pus, un ruisseau malodorant verdâtre, un vieux viaduc grouillant de vendeurs ambulants, sépare le purgatoire virtuel d'où j'étais sorti du monde pestilentiel dans lequel je m'aventurais.

Pour passer sous le pont j'ai d'abord dû grimper des hauteurs vertigineuses suivies de virées latérales à travers une arcade sombre empestée d'urine où deux d'adolescents copulaient contre un mur, avant de redescendre dans une cage d'escalier fétide où des rats, inconscients du drame, se nourrissaient de déchets pourris. Escher, le maître de la géométrie hyperbolique m'est venu à l'esprit. Et puis Kafka. Et puis Jérôme Bosch. Et quand j'atteins, suant et essoufflé, l'un des soubassements du pont, je me retrouvai dans un gouffre spectral où coexistent les intouchables, les rejetés, les mals-aimés condamnés à l'exclusion, la décrépitude, l'insignifiance et l'oubli.

Ces méandres vertigineux suscitèrent de tristes souvenirs. J'avais déjà vu tout ça dans le ventre d'un vampire quelque part en Amérique Centrale.

♦

Sur l'étroit rebord qui longe la base du pont vivent une

poignée de personnes, aparentées peut-être. Désossée, échevelée, vieillie au-delà de son âge, une femme plie et replie, trie et réarrange quelques biens précieux avec une lassitude induite par l'ennui, les tourments ou la folie : Une pile de chiffons souillés pour la literie, des sacs en plastique pour se protéger contre la pluie, une boîte en métal rouillée remplie d'amadou, une cruche difforme d'où s'échappent des fourmis, un coussin en caoutchouc mousse éventré sur lequel elle s'adosse les nuits étoilées, un chapeau de paille effiloché, une bougie à moitié consumée, une image froissée d'un Jésus blond, aux yeux bleus et au visage rose dont le regard se perd dans les nues. Tirant sur une tétine décharnée, un nourrisson se tortille et gémit doucement. Haussant les épaules, la femme affiche un sourire édenté.

Assis sur ses talons, un homme (son mari ?) s'efforce de remettre en forme une plaque de fer indocile avec un maillet en bois. Le métal ne cédera pas, mais il continue à le frapper sans répit avec un entêtement qui ne produit aucun résultat. Le visage cramoisi de l'homme ne trahit ni impatience ni étonnement devant la futilité de son épreuve Sisyphéenne. Visiblement épuisé, il persiste, poussé par un rythme hypnotique qui défie le passage du temps.

Perchés sur un monticule de terre envahi de mauvaises herbes, deux bambins, les deux exhibant des ventres distendus et des nombrils herniés, fouillent le sol à la recherche d'asticots. Les pieds nus, dévêtus, encrassés, une morve jaunâtre suintant de leurs narines, inconscients de l'horreur qui les entoure, ils hurlent de plaisir à chaque vermisseau qu'ils extirpent de la vase. A quelques mètres de là, une jeune fille s'accroupit sur le sol et se soulage. Un jeunot, peut-être son frère, à peine plus âgé et chétif pour son âge, dort un bras croisé sur ses yeux pour bloquer la lumière. Serré dans une main est un petit pot de colle. Il risque de ne pas se réveiller. L'oubli est un aller simple. Renifler de la colle est un passe-temps sans issue.

Je l'interpelle. Surpris, il se secoue d'un sommeil sombre dépourvu de rêves. Ses yeux ne s'ouvrent qu'à moitié mais se croyant menacé il cache son précieux pot de colle derrière son dos. S'étirant comme un chat, il fait enfin contact avec la réalité. Je pose une main rassurante sur son épaule. Il titube comme un ivrogne, réussit enfin à s'assoir, frotte des yeux engourdis par la stupéfaction et l'insensibilité et m'offre une poignée de main moite et sans vie. Il pue. L'odeur odieuse de malpropreté qu'il dégage est très vite neutralisée par les âcres relents de toluène et d'éther sur son haleine.

—Où suis-je, je demande. Qui es-tu ? Le garçon décapsule le pot de colle, le passe sous son nez et sa bouche et aspire les vapeurs profondément, avidement. Je le regarde et détecte des signes subtils d'aphasie. Détournant les yeux, il répond en monosyllabes, cherchant à sauver la face dans l'ambiguïté et les sous-entendus. Une telle ruse pourrait indiquer la présence d'autres maladies, toutes résultant des effets corrosifs des substances inhalées sur le cortex cérébral.

—Alors, dis-moi où suis-je ? Qui es-tu, je répète.

Tentant un sourire, le garçon gratte une tête infestée de poux et remet le pot de colle sous son nez.

— *Où ?* Tu es dans mon monde de ténèbres, dans la vallée maudite, le dépotoir d'Ein Sof. *Qui suis-je ?* il entonne avec amertume, sa voix rauque et sépulcrale. Inhalée, la colle dévore les sinus, le larynx et les poumons. Elle provoque des hallucinations atroces suivies par des lésions cérébrales irréversibles et d'une insuffisance rénale inguérissable. Un tel sort ne décourage jamais ceux qui, comme ce garçon, semblent craindre la vie plus que la mort.

— *Qui suis-je ?* il m'interroge. À vous de me le dire, monsieur. Oui, monsieur, je suis ce qu'on me nomme. Choisissez le sobriquet qui vous convient : Azazel, goule, zombi, golem, dibbouk. Nous y répondons. Nous sommes aussi connus, plus simplement mais avec autant de mépris, comme « *les autres,* » ceux qui sont condamnés à faire votre sale boulot et à vivre, loin de vous, parmi les décombres que vous avez créés.

♦

La vieille femme poursuit ses tâches insensées, berçant d'un bras l'enfant à son sein. Entêté ou fou, son mari ignore les lois de la physique et continue à frapper le tesson de métal avec son maillet de bois. Je ne remarque aucun changement dans sa configuration. Intransigeant, le métal nargue l'inepte forgeron. Obsédé, en proie à une hantise irrésistible, il persiste. J'entends encore dans mon esprit le son de ces cadences insensées.

Au-dessus de nos têtes, des escadrilles de vautours surveillent la vie, épiant la mort, la sentant tout en bas dans les fosses sulfureuses où les cadavres des enfants de rue sont largués. Des dizaines de charognards atterrissent et se perchent sur des toits, des arbres. Enhardis par des effluves irrésistibles, quelques-uns tse posent sur terre. Se dandinant d'un côté à l'autre, méfiants et rusés, ils se battront pour les déchets les plus vils. Le son de leurs battements d'ailes me donne des frissons.

VIII

Mon père vient de m'informer sans préavis que, conformément aux coutumes, le dernier arrivé à Ein Sof est chargé d'assumer la gestion du clan.

—Que diable ! Tu plaisantes.

—Hélas non. Les anciens exigeront bientôt que tu honore cette tradition.

—Les anciens travaillent du chapeau ! Et puis je viens à peine d'arriver il y a à peine un clin d'œil. Qu'est-ce qu'un anarchiste de mon espèce pourrait foutre avec la gestion, la supervision, le contrôle des autres ? Je n'ai jamais eu le moindre désir de diriger, de guider, moins encore d'être dirigé, gouverné … ou apprivoisé.

—Le poste est en grande partie titulaire, rituel. Mais il te décernera un certain prestige.

—Je déteste les titres et les pouvoirs qu'ils confèrent. Je ne supporte pas les solennités, les salamalecs, les protocoles. Je me moque du prestige. Qu'on me foute la paix !

—Je te comprends. Remarque que tes pouvoirs seraient limités par ta liberté de conscience. Le consensus majoritaire prévaudrait toujours sur toutes les questions d'autorité.

—Si je comprends bien, je serais maitre de mes pensées mais pas de ma bouche. Ces restrictions à la liberté d'expression sont inacceptables et le signe d'un pouvoir qui refuse que ses actions soient remises en cause,

—C'est une façon de le dire, tenta mon père.

—Ça ne m'intéresse pas. Je ne suis ni suiveur ni dirigeant. Les « anciens » peuvent surement trouver un meilleur candidat. Crois-moi, je ne serai nullement contrarié.

—Non. Cette tradition est inviolable. Tu es notre nouveau venu. Tu devras t'y soumettre avec sang-froid sinon conviction. Mais ne t'en fais pas. Tôt ou tard, un autre nous rejoindra et tu seras vite remplacé.

—Mais cela pourrait durer ... qui sait ... un autre clin d'œil, sinon deux ou trois ...

—Il est dans la nature de l'éternité d'interrompre son fil et de se fier au hasard. Quelqu'un pourrait arriver à Ein Sof d'un moment à l'autre.

—Ou demain ou dans un mois ou dans un an, ou dix. Cet argument est pur sophisme.

—Ne t'en fais pas. La providence a ses moments caritatifs.

◆

L'invitation—la convocation—de diriger le clan était venue de Yossi, le frère cadet de mon père, homme d'affaires astucieux qui était propriétaire et gérant d'un magasin de chaussures pour enfants. Son fils, mon beau cousin Amos, un cinéaste qui avait émigré à Ein Sof après avoir perdu une bataille héroïque contre le sida, avait occupé le poste, à contrecœur, pendant près d'un an.

—Fais-nous l'honneur d'accepter cette mission provisoire, plaida Yossi, devant les membres du clan dans le grand salon communal.

Ils étaient tous là : Lazare et son apprenti chaton, sa femme Hélène remuant le contenu d'une grande marmite en cuivre, Vlad épluchant ses raisins, l'imposant Abraham parcourant le Lévitique, Fabien pleurant spasmodiquement, Mima et Chmiel semblant s'ennuyer, le père de ma mère caressant son pistolet, Néné Boubi grimaçant, hoquetant et grognant, Tante Lucie pétant et frappant le sol avec sa canne, Amos, ses yeux angéliques tournés vers le ciel où se découpait l'image fantomatique d'un amant perdu, et Néné Jean, grand amateur de cigarettes ovales turques, prêt, si l'occasion se présente, à déclamer un sonnet de Shakespeare.

Mes parents, parangons de discrétion, se tenaient à plusieurs pas derrière les autres, prenant soin de ne pas trahir le malaise qu'ils ressentaient tout en se voyant obligés de projeter un air d'approbation artificiel.

—Tu me flattes, Yossi, mais je ne suis pas ton homme. Trouve un mandataire plus expérimenté, quelqu'un possédant les qualités de leader et l'entrain dont je suis totalement dépourvu.

—Ce n'est pas si simple que ça, riposta Yossi,

esquissant un sourire apaisant. Tu sais, les traditions ... Je voulais tonner : « les traditions ... je les emmerde. » Je me suis retenu.

—Considère mon passé, Yossi. Rembobine ma vie. Souviens-toi de mes penchants, de mon tempérament. Relis à haute voix mes reportages, mes éditoriaux, mes railleries. Pense aux ennuis qu'ils ont causé. L'un de vous n'a-t-il pas suggéré, alors que mes rubriques se penchaient sur la barbarie des escadrons de la mort, que je me mêlais des affaires des autres ?

Mima se tortilla et me fixa avec mépris. Vlad épluchait des raisins avec un zèle inattendu.

—Un autre parmi vous ne m'a-t-il pas traité d'agent provocateur parce que je me suis prononcé contre l'aventurisme militaire, les enlèvements, la torture et le viol systématique d'un univers que l'on s'acharne à détruire afin d'y ériger des agglomérations urbaines inhabitables ?

—Et toi, Yossi, ne t'es-tu pas plaint à mon père que mes enquêtes sur la déchéance du gouvernement, la sauvagerie de l'homme et l'hypocrisie nauséabonde du clergé font de moi un traitre ?

Ébahi, Yossi clignota.

—Et quand j'atteins la cinquantaine, trop jeune encore pour déposer mes armes, Oncle Johnny n'a-t-il pas demandé : « N'es-tu pas un peu vieillot pour jouer aux paladins ? » Angoissé par mes incursions dans le ventre du monstre où je pourchassais les vampires, n'avait-il pas ajouté avec une pointe d'ironie : « Ne penses-tu pas que tu devrais remettre ton glaive à des jeunes ? » Et n'ai-je pas répliqué que seule la mort m'empêcherait d'exposer les horreurs dont je fus témoin, de dénoncer un mercantilisme déchainé et un consumérisme insatiable, de calomnier la fourberie et les débauches en hauts lieux ?

Oncle Johnny, le frère de ma mère qui, envoûté, avait écouté mon plaidoyer, baissa la tête. Un avocat pénaliste prospère qui avait défendu des canailles dignes de la potence, m'avait encouragé à poursuivre une carrière juridique. Mes compositions au lycée, mon effronterie et penchant pour la chicane l'avaient tellement impressionné qu'il fit secrètement pression sur mes parents de m'inscrire à la faculté de droit. Hélas, la théâtralité de ses arguments en salle d'audience, ses gestes, le culot de ses raisonnements matraque contre des demandeurs irréprochables, son affirmation même que les pires scélérats ont droit à une défense équitable m'avaient semblé incongrues à l'époque et m'offrirent toutes les munitions dont j'avais besoin pour désarçonner ses conseils et rejeter sa profession. Quelques années plus tard, il m'avait gentiment grondé et affirmé que mon refus d'emboiter ses pas était le seul procès « important » qu'il n'ait jamais perdu. Je me souviens lui avoir demandé :

—Quelle sorte de victoire pyrrhique aurais-tu emportée si j'avais méjugé mes instincts, trahi ma conscience, et cédé à des pressions intruses ?

—Comme je l'ai dit maintes fois, t'aurais fait un sacré avocat !

♦

Je fermai les yeux, revivant l'époque dorée qui fut la mienne à l'apogée de ma carrière de journaliste. Je m'étais créé un rôle à partir d'une grande collection de personnages fictifs et m'étais réinventé au fil des ans. Tout à tour militant insoumis, agitateur nourrit de pitié envers les sans-voix, les persécutés, l'orphelin et le fils de la veuve, anarchiste écœuré par le fanatisme et l'injustice, j'étais en même temps un solitaire révolté par la race humaine. C'était une fâcheuse contradiction que je ne saurai ni expliquer ni réconcilier.

Car tu vois, cher ami, j'avais pris des raccourcis. J'avais aussi méprisé la raison, rejeté les conventions et contourné un cap que je me sentais incapable de naviguer. Craignant la défaite, je m'étais éloigné du « bon chemin » et taillé mon propre sentier. Je me vanterai souvent que j'aimais le risque quand c'était la peur du devoir, des obligations, des responsabilités, l'horreur des routines, et mon manque de confiance dans la fermeté de mes desseins qui me pousseront d'un château en Espagne à l'autre.

Mon père s'était voué à la médecine pour échapper à l'abrutissante uniformité et les privations de son enfance. Très médiocrement instruit, peu doué pour le commerce, indiscipliné et irrésolu, j'avais choisi le journalisme non pas par velléité mais par immodestie et par hardiesse, tout en me cramponnant aux aubaines que je m'étais créés par forfait. La nécessité, dans mon cas, fut pour ainsi dire la mère de l'invention. J'avais la bosse des lettres ; non, j'étais séduit par la polémique et je m'inventerai petit à petit — je me forgerai : mi diariste, mi agitateur. Le plaisir je j'éprouverai de mettre des vérités inconvenantes en vitrine dépassait de loin le besoin (ou l'obligation) d'instruire le public. Je me servais des faits comme des accessoires. Je me fiais à l'atmosphère, à la couleur que j'insérais dans mes rubriques, à l'inquiétude qu'elles étaient susceptibles de déclencher. C'est le désarroi ou l'acrimonie qu'elles fomentaient qui me trouvait plume en main. Je ne ressentais ni révérence pour le Quatrième Pouvoir, ni amitié pour mon auditoire. Ma mission était simple : Inciter le malaise, redire aux distraits et aux suffisants que l'empereur est nu, qu'il l'a toujours été, et les convaincre qu'il faut faire défiler ce salaud en public, à poil, tant qu'on le croit vêtu de brocarts d'or et de soies tissées d'argent.

Un jour, je rédigeai une plaquette dans laquelle j'examine le lien entre l'essor de l'extrêmisme religieux, de la politique de droite, et du soutien que ce triumvirat satanique accorde à la peine de mort durant les crises économiques et la recrudescence du mécontentement populaire.

« Nul ne se cabre contre l'austérité avec autant de véhémence que les richards et les gros plein d'soupe. Les fanas de la potence, chaise électrique, chambre à gaz, ou piqûre létale doivent sûrement porter au plus profond de leur âme l'épouvante d'être eux-mêmes des assassins. »

Je me reprocherai d'avoir été si naïf. Je dénoncerai le capitalisme en l'appelant un dogme qui sacrifie les masses à l'autel du revenu personnel—une forme d'anthropophagie licite. Ces convictions ne m'empêcheront pas, dans un contexte différent, de peindre le soi-disant « communisme » comme une doctrine qui sacrifie l'individu à l'autel du parti en racolant les mécontents pour en faire des malheureux. Hélas, étant donné la cupidité et le narcissisme des hommes, les idéaux marxistes qui auraient pu transformer l'humanité en une famille au lieu de cabales empêtrés dans des guerres sans fin n'ont jamais quitté les pages de *Das Kapital*. Ce qui passerait pour du « communisme, » notamment en Russie et ses satellites, en Chine, à Cuba et en Corée du Nord, sera marqué par un système de gouvernance brutal, impitoyable et tyrannique.

—Comment réveiller la conscience des endormis, je demande un jour au rédacteur-en-chef, si ce n'est qu'en écorchant leurs paupières, en aspergeant de l'acide dans leurs prunelles ? Si les hommes refusent de traquer le mal, de le dévisager et de l'anéantir, pourquoi demanderait-on à Dieu de s'en mêler ? Le rédacteur riposta en déchirant mon opuscule. J'apprendrai désormais que la « liberté de presse » n'appartient qu'à ceux qui possèdent et contrôlent les imprimeries.

Plus tard, dans mes contes, j'éventerai des vérités que seule la fiction peut se permettre d'exhumer, d'ébruiter. Je payerai cher pour mes délits. On me licenciera, je m'embrouillerai avec des amis, j'attirerai le courroux de mes collègues et l'hostilité de plusieurs membres de ma famille, et je servirai de cible à la rage et aux menaces d'un bon nombre de lecteurs—non pas par égard pour les causes mal vues que je soutenais, certaines par conviction, d'autres par hostilité envers mes censeurs — mais pour le plaisir que mes aiguillades me donnaient. J'avais peur de perdre la modeste réputation que je m'étais épuisé à cultiver. Peu à peu, je disposais d'un public que je me ferai une joie d'outrager. Les peines que je me donnais pour protéger ces atouts ne produiraient guère les résultats escomptés. Au lieu de faire mon métier, j'alimentais une convoitise insatiable de riposter, de mordre quand un aboiement aurait suffi. Aussitôt qu'un de mes articles avait déclenché les contrecoups prévus — choc, colère, méfiance ou horreur envers le pot-pourri de scandales que j'éventais — que je me hâtais de vitupérer contre mes juges. Je ne prenais pas de prisonniers. Un fantasme de jeunesse, dirait-on un pacte Faustien, attellera le dilettante à un automatisme assommant. Je persisterai par curiosité, pour voir où tout cela mènerait. Je ne poserai mes armes que lorsque l'âge, la décrépitude, et la nausée envers les hommes transformeront l'agent provocateur en ermite exténué.

♦

Le lycée, le bachot, et une longue formation professionnelle avaient par degrés libérés mon père des carences de son adolescence et l'avaient simultanément relégué à une espèce de servitude qui exigerait des sacrifices et un dévouement bien plus accablant que les disciplines de son milieu religieux. Honnête, soucieux de sa réputation, il passera le restant de sa vie à se soumettre au serment Hippocratique. Il aurait fait un excellent astronome, tailleur ou forgeron s'il avait choisi l'un ou l'autre de ces nobles métiers. Une propension inébranlable vers le devoir l'aurait poussé à scruter les limites du cosmos jusqu'à la cécité, à réaliser les tenues les plus exquises, à façonner jusqu'à l'essoufflement des fers de cheval dignes de Pégase. Quand ma mère mourut d'une cancer foudroyant en 1973 à l'âge de cinquante-neuf ans, mon père lança un cri déchirant. Il maudit l'imperfection du corps humain et les défaillances de la médecine, et il prit sa retraite. Ses malédictions, que j'entends encore, récapitulent la facture émotionnelle qu'a dû régler un homme qui consacra sa vie à soigner ses patients tout en étant convaincu de la futilité de l'existence :

— La race humaine est un aléa absurde et une calamité. Si Sisyphe ne s'acharnait pas à pousser son rocher jusqu'au sommet et de le voir dégrongoler de l'autre côté, il se foutrait de notre gueule. Mais que dis-je ... Sisyphe c'est nous. Le dévouement et la mansuétude, il avait découvert, meurtrissent le cœur et endurcissent l'âme.

♦

À l'inverse de son cousin, le lauréat du prix Nobel Elie Wiesel, mon père ne tirait de ses origines ni mysticisme, ni orgueil. Meurtri par la mort de ses parents et de ses deux frères à Auschwitz, et de sa sœur cadette, Lilli, qui survécu le camp de concentration pour être peu après égorgée par des soldats russes ivres, ahuri par l'insondable barbarie d'un Shoa précédé par des siècles de pogromes, il avait d'abord raisonné que les Juifs sont peut-être prédestinés au martyre. Il rejeta rapidement cette idée et conclut par la suite que la souffrance est universelle et aveugle, et qu'elle s'annonce dès leur naissance aussi bien pour les hommes que pour les bêtes. Quoiqu'il se considèrerait toujours Juif, cet état d'esprit sera improvisé, dépourvu de simagrées, démuni du spiritualisme que son père et grand-père avaient attelés à leurs croyances.

—Je ne me suis jamais demandé pourquoi je suis Juif. La question est grotesque. Une fourmi ne se demande pas pourquoi elle n'est pas née papillon. Je suis né et je me suis forgé. Mon tout est plus grand que la somme de mes parties héréditaires.

Ce fut cette rupture avec le fatalisme de ses parents—renforcé par son évocation du monde—« un absurde bourbier où l'on patauge, égaré et tourmenté jusqu'à la mort »—qui le poussa à secouer les derniers vestiges de piété. Il se séparera d'un Dieu « aveugle et indifférent. » Il abjurerait aussi les eaux ténébreuses de la Kabbale dans lesquelles il s'était immergé et presque noyé. Comme son père avant lui, il avait passé des heures, « à errer, stupéfié à travers ses champs de mines fantasmagoriques. » Stimulé au début, éreinté quelque mois plus tard, il s'était détourné de « cette arcane, cette affolante distraction auxquels s'adonnent les désœuvrés, les monomanes, et les candidats à la folie. » Il affirmera que, « toute doctrine qui banalise l'action ou l'inaction réfléchie, qui promet d'adoucir l'angoisse, et de s'engager à guider les hommes vers les Grandes Lumières par l'intermédiaire de l'occultisme, n'offre qu'un faux espoir et ne mène qu'à l'amertume. »

—Un homme ne se soumet pas aux caprices de son « *créateur* » ou de ses larbins. Un « *mensch* » prend des risques ; il se moque des cotes misées contre lui.

J'avais reconnu dans cette âpre réflexion un reproche qu'il visait simultanément vers son père, le théosophiste qui combattait l'ennui et se refugiait contre ses propres inadaptations dans les régions vaporeuses de la Kabbale, *et* vers son fils—moi—qu'il poussait à se tenir droit et à ne reculer devant personne.

Je reconnu Krishna admonestant Arjuna dans cette cinglante devise.

♦

Septuagénaire quand ma mère mourut, trahi par l'inabordable Kabbale, écœuré par le « caractère efféminé du mysticisme, » mon père trouvera quelque réconfort dans « la virilité, la droiture du pragmatisme. » Il se détournera aussi de la féconde littérature Yiddish dont il s'était épris quand il était jeune, et qu'il accusera plus tard de « *masochisme.* » Les contes hassidiques, leur recherche du plaisir dans la douleur, leur nature fantomatique, leurs évocations fiévreuses, et leur fatalisme envers le mal, exaltaient et étayaient la mentalité « *chtetl* » [hameau Juif] dont il s'était si difficilement soustrait. Il continuera à lire la Bible, non pas pour se remonter, mais pour médire ses héros—les saloperies de Lot et de ses filles; l'abracadabrant séjour de Jonah dans le ventre d'une baleine ; l'assassinat d'Urie le Hittite, le mari de Bethsabée, sous les ordres de son amant, le roi David ; le massacre des philistins par Josué à Jéricho ; le viol de Tamar par son demi-frère

Amnon ; l'ignoble lâcheté d'Abraham devant le pharaon en prétendant, pour sauver sa propre peau, que Sarah, sa femme, était sa sœur ; l'égorgement d'un négrier du pharaon par Moïse — « tous des bandits, » disait-il, en contestant l'Ecriture et ses préceptes, en mettant en relief ses mensonges, ses outrances, la violence, la cruauté, le dévergondage, la barbarie de l'homme, l'insupportable inhumanité de Dieu. Ayant depuis longtemps compris que l'homme est égoïste, stimulé par la convoitise, et dominé par son instinct de préservation, et que les « édits divins » sont des aberrations, il cherchera et trouvera dans les anciens textes des projectiles qu'il lancera pour bafouer les croyances et traditions de son enfance. Vilipendé, accusé d'hérésie et d'antisémitisme, mon père trouvera dans le mépris et l'ostracisme de ses coreligionnaires des preuves supplémentaires d'orgueil et d'intolérance dont il se vengera en montant d'autres offensives ... qui provoqueront d'autres agresses au vitriol par ceux qui se disaient jadis ses amis.

Quelques semaines avant son départ pour Ein Sof (j'avais à peine cinquante ans ; il en avait quatre-vingt-trois), attestant sa métamorphose, peut-être bouleversé par la mienne, il m'avait mis en garde contre l'imprudence et les solutions expédientes :

— On ne fait pas le bilan de sa vie en public. On le fait chez soi, en tête-à-tête avec sa conscience, à l'abri des influences partisanes, et purgé de toute connaissance artificielle.

Les vérités auxquelles mon père faisait allusion

étaient d'une ampleur plus vaste que celles que je m'efforcerai de divulguer dans mes écrits. J'imagine la peine qu'il a dû ressentir quand la douceur sédative de la foi fut irrévocablement remplacée par le vide glacial de la raison. Je dois croire qu'il est mort en plein conflit avec le monde mais ayant fait la paix avec lui-même.

◆

Peu après la mort de mon père, par curiosité, je me mis à lire le Zohar, l'œuvre maitresse de la Kabbale. Séduit au début par son style cryptique et son caractère hallucinatoire, à la fois ébloui et stupéfié, je me lasserai bientôt de sa circularité, de ses contradictions, de son affolant ésotérisme, des pirouettes mentales qu'elle exige, des énigmes qu'elle s'efforce d'enfouir dans les dédales de la folie. Égaré, je m'inclinerai devant l'étonnante richesse de ses invraisemblances. Ce bref séjour ne fût pas en vain. Je saisirai la majesté de l'idéal mosaïque, la profondeur de l'éthique Juive. Je noterai aussi l'influence de la Kabbale sur Pic de la Mirandole, sur Baruch Spinoza (qui posa des questions gênantes quant à l'identité et crédibilité des auteurs de la Bible, sa véracité historique et ses innombrables contradictions), sur Gottfried Leibniz et Emanuel Swedenborg, Franz Kafka et Jorge Luis Borges, Walter Benjamin, et Jacques Derrida, entre autres. Je dois croire que ma courte randonnée dans son promenoir dédaléen m'aura permis de me rechercher et, n'ayant trouvé que ma quintessence humaine, d'absoudre mon athéisme.

Bien plus tard, un rabbin auquel j'eu la malveillance de me confier (je l'avais prié d'expliquer l'existence du mal et l'inertie de Dieu envers la souffrance) me qualifia d'« intellectuel. » Ce n'était pas un compliment. N'avais-je pas frôlé le sacrilège en lui demandant, la veille de Yom Kippour :

—Pourquoi souffrons-nous ? Pourquoi sommes-nous sans défense contre les cataclysmes qui, selon les prophètes, sont déclenchés contre nous pour des « raisons mystérieuses » par un être surnaturel, capricieux, et méconnaissable qui ne nous doit aucune explication ? Quel degré d'intelligence peut-on attribuer à un « créateur » qui inflige ou tolère des sauvageries auxquelles son *magnum opus* est sans défense ? Quel inventeur roublard et irréductible, ferme les yeux sur les paroxysmes qui convulsent son royaume ? Quel raisonnement abstrait inspire ce « tout-puissant » à rester impassible et muet devant le chagrin et les tourments auxquels sont assujetis les hommes et les bêtes ? Comment justifier une telle apathie ? Quelle sapience supérieure s'octroie tant de vertus et prétend posséder des doses égales de bienveillance et de rancune, de générosité et de cruauté, de génie et de folie, selon les circonstances ? Quel géniteur habile se proclame parfait et infaillible alors que nos sanglots ne sont jamais entendus, alors que nous pleurons, souffrons et mourrons oubliés sous prétexte que la souffrance mène au salut ? De quel noumène s'agit-il dont l'oreille est sourde aux foules qui l'interpellent en implorant son secours ? Quel alpha et oméga inflige des fléaux qui menacent d'anéantir son chef-d'œuvre ? Quel despote invisible décrète que ses sujets prononceront des paroles qui ne sont pas les leurs, qu'ils obéiront aveuglement aux injonctions de ses députés terrestres, qu'ils trembleront devant eux, qu'ils murmureront des oraisons de reconnaissance et de vénération, toutes envoyées *ad nauseam*, jour après jour, à un Dieu qui ne montre jamais son visage, ne met jamais son âme à nu, ne verse jamais une seule larme, ne dit jamais pardon, un Dieu qui accorde la vie et, en même temps, la peur de mourir ?

Le rabbin m'avait regardé avec un mélange de pitié altière et de mépris. Au lieu de répondre à ma question, il me lança un défi :

— Il existe une région austère et cruelle où Dieu n'est pas permis de vivre ; elle s'appelle l'intellect. Un intellectuel est incapable de saisir Dieu. Et pourtant Dieu doit vivre dans cette dimension qui, par définition, ne peut l'inclure. L'esprit doit s'efforcer à percevoir ce qui est impossible d'être révélé.

Charabia. Incapables de soutenir leurs croyances avec des preuves empiriques, les antidarwinistes s'obstinent à injecter le créationnisme dans la psyché collective des hommes. Ils ont depuis concocté un nouveau slogan—« Dessin Intelligent (DI) »— l'assertion invérifiable que l'univers, les êtres vivants qui l'habitent et les bouleversements qu'ils endurent sont l'ouvrage d'un être omniscient et omnipotent, bien que paranormal, et non pas un processus tel que la sélection naturelle (l'évolution) et les effets fortuits de la coïncidence et de l'imprévisibilité.

En public, les défenseurs du DI affirment qu'ils cherchent des preuves d'un dessein conscient dans la

nature, sans pour cela tenir compte de l'identité du
« concepteur. » En privé, cependant, ils insistent sans
équivoque que le concepteur est le « Dieu Chrétien ».
[Notez l'accent sur Chrétien]. Oubliez le Yahweh que
les Juifs ont inventé près de six mille ans avant l'ère
chrétienne et la divinité judéo-chrétienne que les
Musulmans ont adoptée au 7ème siècle et rebaptisée
Allah]. Poussée à ses extrêmes incongrus, le DI pourrait
un jour être appelé à ergoter sur les choses qui tombent
de haut en bas non pas parce que la gravité agit sur
elles, mais parce qu'une intelligence supérieure les
pousse consciemment et délibérément à chuter. Les
avions tombent du ciel, diront-ils, les bâtiments
s'écroulent, et les empires s'effondrent parce que ces
événements sont prédestinés par une force imparable.
Ils manquent de souplesse cérébrale pour concéder que
la technologie ne peut exister sans risque de malheurs :
l'invention de la locomotive contenait également
l'inévitable risque du déraillement, l'avion d'une
défaillance mécanique ou humaine, le marché
boursier — d'un krach. Les plus vils parmi eux
prétendront que ces ennuis sont en fait le résultat d'une
vengeance divine. Un large éventail de phénomènes
sont attribués au DI : les guerres menées au nom de
« Dieu, » la faim, les maladies, les tremblements de
terre, les cyclones et les tsunamis.

On définit l'intelligence comme étant « l'ensemble
des processus retrouvés dans des systèmes, plus ou
moins complexes, vivants ou non, qui permettent de
comprendre, d'apprendre ou de s'adapter à des
situations nouvelles. » Donc une acuité mentale,

l'emploi habile de la raison et l'application de la connaissance, ainsi que la faculté de penser d'une manière abstraite (y compris la capacité d'envisager les conséquences de ses actes). Le DI présuppose deux attributs réciproques : l'existence d'un créateur doué (mais inconnaissable) et d'un plan exceptionnel à partir duquel un prototype utile et efficace peut être rendu. Une telle prémisse évoque inévitablement des questions auxquelles, jusqu'à présent, le DI n'a pas pu ou voulu répondre. En outre, si le déisme, le juste milieu entre le doute et l'athéisme prétend que Dieu existe en tant que « Première Cause Spontanée » et qu'il est le Grand Architecte de l'Univers — mais n'intervient pas dans les affaires des hommes ... à quoi sert-il ? On peut toujours raisonner, pour se soustraire des questions sans réponses, que Dieu est en dehors de toute expérience humaine. Son entité n'est pas évidente ; elle doit être démontrée. Ainsi se pose le problème de son existence abstraite, un dilemme qui se trouve au sommet de l'effort philosophique et dont la solution a une incidence directe sur le sens et le but de la vie. Les croyants insistent : Si Dieu n'existe pas, alors l'homme devient sa propre loi et la norme de ses propres actes ; mais s'il existe, l'homme doit reconnaître sa dépendance essentielle à l'égard d'un créateur qui est aussi son conservateur, son codificateur et son juge, et devant lequel il est responsable de tous ses actes. Son avènement, certains affirment sans aller plus loin, était *prima facie*, évident et primordial, ergo Dieu s'est extériorisé afin d'assouvir le besoin des hommes de combler un vide. « Je crois en Dieu, » raisonnait Oncle

Johnny, « donc, il existe. » C'est pratique.

Quant à moi, je ne suis jamais plus sûr de mes origines que lorsque je fixe de mon regard celui de nos ancêtres et cousins-germains, les chimpanzés, les gorilles et les orangs-outans. Je reconnais dans leurs yeux à la fois curieux et méfiants une innocence — perdue depuis longtemps chez l'Homo sapiens — dans cette genèse et évolution toujours en cours. C'est quand je m'examine et que j'observe mon espèce que je m'inquiète de l'avenir de la race humaine. Il s'agit d'un produit défectueux qui ne peut jamais être retiré ou réparé mais dont la nature, je me réjouirai le jour venu, se revanchera.

♦

« L'homme est une invention récente, une qui touche peut-être à sa fin. » Avec cette déclaration dans *Les Mots et les Choses* (1966), Michel Foucault annonce une nouvelle façon de penser qui transformera les sciences humaines et sociales. L'idée centrale de Foucault suggère que les procédés qui nous permettent de nous comprendre en tant qu'êtres humains ne sont pas intemporels ou naturels, peu importe à quel point nous les tenons pour acquises.

L'humanité est peut-être destinée à disparaître un jour, mais nous sommes presque tous d'accord que ce lot devrait être reporté le plus longtemps possible ; nous essayons tous de retarder la fin inévitable de notre propre existence. Ces dernières années, cependant, un groupe disparate de penseurs a remit en question cette hypothèse de base. Des conseils d'administration de la

Silicon Valley [le pôle des industries de pointe américaines] aux communes rurales en passant par les départements de philosophie académique, une idée apparemment inconcevable est maintenant sérieusement débattue: la fin du règne de l'homme sur Terre est imminente et nous devons l'accueillir sans regrets. Ce point de vue trouve un soutien parmi ingénieurs et philosophes, militants politiques et ermites, sociologues, romanciers, et paléontologues. Non seulement ils ne se considèrent pas comme un seul mouvement, mais dans de nombreux cas, ils ne veulent rien avoir à faire les uns avec les autres. En effet, le tournant contre la primauté humaine est motivé par deux concepts qui semblent opposés. Le premier est l'anti-humanisme anthropocène, inspiré par la répulsion face à la destruction de l'environnement naturel par l'homme. L'idée que nous ne sommes pas en harmonie avec la nature n'est pas récente. C'est un élément de base de la critique sociale depuis la révolution industrielle. Au 21ème siècle, l'anti-humanisme anthropocène offre une réponse plus radicale—et d'après moi bien plus sensée—à la profonde crise écologique qui nous menace. Il prédit que notre autodestruction est maintenant assurée et que nous devrons l'accueillir comme une sentence que nous avons justement prononcée sur nous-mêmes.

Le transhumanisme, en revanche, glorifie ce que l'anti-humanisme dénonce—le progrès scientifique et technologique, l'austère suprématie de l'intelligence artificielle. En outre, il propose que la seule voie à suivre pour l'humanité est de créer de nouvelles formes de vie intelligentes qui ne resembleront nullement à l'Homo sapiens.

L'avenir anti-humaniste et l'avenir transhumaniste sont opposés à bien des égards. Mais les deux sont des mondes d'où les êtres humains ont disparu, et à juste titre, ne serait-ce que pour mettre fin à tous les Ein Sof et Lomakhome qui se multiplient sans vergogne. Le transhumanisme me déplait. C'est un fantasme. La fin de la race humaine est en fait un événement très positif : elle permettrait à notre planète de se recouvrer, de restaurer la biodiversité et, qui sait, peut-être même de créer une espèce vraiment intelligente. Je crois que c'est une erreur grandiose d'appeler les humains « intelligents. » Nous ne le sommes guère. Nous sommes semi-intelligents ou plutôt quasi-intelligents. La raison joue un rôle mineur dans nos décisions. La plupart des hommes vivent une vie entière sans vraiment y penser. Notre disparition devrait être saluée comme l'événement le plus positif de l'histoire de la Terre. La planète se passera très bien de nous.

♦

On trouve beaucoup de belles choses dans la Bible, quelques brins d'Histoire plus ou moins vérifiables, des commentaires souvent narquois sur l'état d'esprit des hommes de l'Antiquité, des conseils pratiques et des tonnes de bêtises conçues afin de robotiser les croyants, de les paralyser intellectuellement. Plus il y a d'absurdités et de théâtralité, plus on y croit. L'homme n'est pas influencé par les faits. Il préfère l'histrionisme, les gestes, le grand guignol. Il m'a toujours semblé que les hommes préfèrent être gouvernés par des monstres que par des anges. J'ai aussi souvent proposé qu'ils préfèrent les contes de fées aux dystopies, la religion à la science, l'apathie à l'action. Quand les hommes ont besoin de croire en quelque chose, leur cerveau tombe en panne.

♦

C'est Sigmund Freud qui a postulé la théorie maintenant largement acceptée selon laquelle nous sommes le produit de notre subconscient. Mais il a pris soin d'ajouter que le subconscient n'est pas une entité amorphe et indélébile ; il est le produit d'innombrables dynamiques, dont la moindre est génétique. Notre subconscient est façonné et souvent perverti par les expériences de la petite enfance, certaines traumatis-antes, et par un lavage de cerveau (l'ensemencement d'idées immuables) par les parents, les enseignants, le clergé, et d'autres individus auxquels on accorde un certain degré de savoir et d'autorité. Personne n'est « né » croyant ou athée. Personne ne jaillit de l'utérus socialiste ou conservateur. Les tueurs en série et les bons samaritains sont façonnés, et non pas engendrés. Le subconscient peut être manipulé et la religion est le grand-maitre manipulateur qui charme le troupeau avec des mascarades qui tiennent du paganisme et de l'idolâtrie (culte des statues) du vampirisme et du cannibalisme (communion) et qui mène à une descente dans la psychose terminale (la croyance que la vie continue après la mort). Toutes les religions monothéistes sont intrinsèquement violentes. Ni le Judaïsme, ni le Christianisme, ni l'Islam sont à l'abri de la critique. Les lois exigeant l'éradication du « mal, » parfois par des moyens violents, existent dans la tradition Juive. Yahweh est un Dieu jaloux, cruel et rancunier. Allah « le Miséricordieux, » lui aussi, est redoutable, strict, et souvent furieux. La loi Islamique dominante est truffée d'appels à la violence, défensive ou offensive, y compris le recours à l'agression au sein de la famille, à la peine corporelle et à la peine de mort. Quant au Christianisme, le culte issu des débats et des contradictions ahurissantes du Conseil de Nicée en 325 après J.-C., il est incontestablement le crédo qui, pour survivre et se répandre, inspira les plus grands actes de barbarie envers les hommes.

Dans la philosophie de la religion, le rasoir de parcimonie d'Ockham est parfois appliqué pour argumenter l'existence ou l'inexistence de Dieu. Bien qu'Ockham ne tente pas de la réfuter, il offre un argument irrésistible selon lequel, en absence de raisons convaincantes, l'incrédulité est préférable. Je ne suis pas d'accord avec ceux qui suggèrent que le rasoir d'Ockham mélange les torchons et les serviettes. Bien au contraire, il illustre avec une clarté aveuglante qu'un manque de croyance ne peut être codifié. Il n'y a pas d'athéisme orthodoxe, conservateur ou réformiste. Les athées n'ont pas de « livre saint, » de catéchisme ou de psautier. Nous parlons tous d'une seule voix, celle de la raison. Aucun schisme ne peut nous fragmenter. Alors que les religieux s'obstinent à convaincre les autres de la validité (et de l'origine divine) de leurs croyances, nous n'éprouvons nul besoin de défendre notre irréligion. Un athée se contente de ne pas croire ; un croyant se sent obligé de « partager » sinon d'imposer ses convictions afin de valider sa foi en déjouant l'incertitude omniprésente qui obsède tous les croyants.

La religion, de nature utopique, s'accroche aux fictions qui n'existent pas dans le vide absolu de la pensée pure ; elles doivent être « plantées » dans l'esprit afin qu'elles puissent aboutir à certains faits accomplis—Dieu est la source de toute essence et réalité ; Jésus était le fils de Dieu ; il est né d'une vierge ; il est mort et s'envola vers les voutes célestes; il fut « ressuscité ; » et sa mort et sa renaissance ouvrent un portail vers la vie éternelle. Quel qu'il fut, homme ou mythe, Jésus s'opposait au despotisme religieux. Il abhorrait le panachage de la politique et du culte, et méprisait les fanfaronnades des croyants. L'athéisme met en garde contre la circularité des idées fixes et les convictions absurdes de la religion. Il ne croit ni à l'enfer ni à la damnation éternelle. Il n'offre pas d'indulgences ou d'immunité contre le péché en échange de pots-de-vin. Il n'a pas de pontife ou d'église dans laquelle des « princes de l'Église » vêtus de pourpre vivent dans une somptuosité babylonienne. Il ne fait pas la quête, ne donne pas de sermons, ne fulmine pas en prédisant le feu et le soufre et les bouleversements. Il ne met pas en garde contre les agonies éternelles et ne promet pas la vie après la mort. Les athées ne brûlent pas les livres. Ils n'ont pas d'index d'œuvres interdites. Ils n'ont pas besoin d'une Congrégation pour la Doctrine de la Foi [anciennement connue sous le nom de Saint-Office de l'Inquisition) qui, par son existence même, démontre la fragilité périlleuse de la croyance. Enfin, les athées, rarement spontanément mais suivant des moments d'intro-spection, concluent qu'il n'y a pas de Dieu et que, par conséquent, les êtres humains ne sont ni créés ni imprégnés de ce qui pourrait être un « plan » et qu'ils n'ont pas la moindre idée de ce qui les attend, ni avant leur naissance ni après.

♦

À deux pas de chez moi, le long d'un chemin poussiéreux et inculte que le conseil municipal a eu le culot de baptiser « boulevard, » démunis de toute allégorie, comme le poste d'essence ou le McDonald du coin, se dressent certains commerces dont la marchandise ne peut être ni mangée ni servir de carburant. Ce sont les panthéons de l'idolâtrie, les temples de la fumisterie qui foisonnent et font fortune tandis qu'on coupe les vivres aux musées et aux salles de concert, que les hôpitaux font faillite, et que les écoles ferment leurs portes. Dans leurs *sanctum sanctorum* sont manipulés les craintes et les obsessions et les espoirs et les chimères qui hantent ceux qui s'y rassemblent. Ne pas croire, leurs pasteurs affirment avec un cynisme qu'une foi aveugle transforme en un décret divin, est une forme d'esclavage et un péché mortel. Alors les pécheurs se ruent sur leurs autels afin d'être affranchis, purifiés, et déclarés dignes du royaume céleste que les Catholiques, les Luthériens, les Anglicans, les Baptistes, les Presbytériens, les Orthodoxes grecs et russes, les Méthodistes, les Témoins de Jéhovah, les Pentecôtistes, les Scientistes Chrétiens, les Épiscopaliens, les Adventistes du Septième Jour, et les Mormons se disputent avec an manque d'œcuménisme que seule la religion peut inspirer.

En fait, il y a plus d'églises à Yésode que de morpions dans le cul d'une putain mais il y a très peu de conscience dans ces lieux saints. On y trouve uniquement des croyances immuables et l'inflexible conviction que seule chacune de ces sectes chrétiennes possède les clefs du paradis. Toutes proclament servir le Christ sauveur. Toutes promettent un état de grâce mais leurs paroissiens préféreraient brûler en enfer que de prier tous ensemble. Les différences doctrinales qui les séparent, certaines triviales, d'autres titanesques, entravent l'avènement d'une unité chrétienne. Il est plus commode de glorifier Jésus que d'emboîter ses pas. Alors ils arrivent sur leurs lieux de culte respectifs afin de se dévisager, de s'asseoir, de se lever, de s'agenouiller, de se croiser, de baisser la tête ou d'étendre leurs bras vers le ciel en un paroxysme d'extase synchronisé. Alléluia ! Les rituels et le rabâchage renforcent l'illusion d'une harmonie unificatrice. La ferveur qu'ils exhibent leur rapporte l'estime feinte de leurs coreligionnaires et, provisoirement, la conscience nette à laquelle ils aspirent.

Les hommes sont séduits par les spectacles ; ils réagissent aux gestes, pas à la raison.

Le dimanche, revêtus de leurs fringues de fête, bien coiffés et embaumées, ces âmes pieuses débarquent de leurs voitures et se réunissent pour psalmodier d'un air absent des prières si souvent répétées qu'elles ne signifient plus rien. Une nouvelle dynastie de charlatans revivalistes s'est emparée de la psyché des croyants qui se laissent dévaliser tant ils ont besoin d'être bernés. Ailleurs, autour du monde, vendredi, samedi, et dimanche, les âmes pieuses et les pécheurs se réunissent dans leurs mosquées, leurs synagogues, leurs temples, leurs ashrams, et leurs gurdwaras. Ils se prosternent vers l'est, se bercent en avant et arrière recouverts de leurs châles de prière, se recueillent au son de clochettes et de tambours sous l'influence enivrante de l'encens qui s'élève vers les voûtes célestes, et méditent sans pour cela réfléchir aux mièvreries exotiques auxquelles ils sont soumis. Ils sont tous là parce qu'ils cherchent quelque chose, une vérité transcendante et rassurante qu'ils ne semblent trouver qu'en dehors de leur vie séculière.

IX

Je payerai cher pour m'être livré à ces abjurations : licenciements ; démissions forcées ; l'amertume de ma famille ; l'hostilité de certains amis. Je fus honni, isolé, censuré, menacé. J'ai tenu bon, non seulement pour prolonger l'euphorie fugace que mes controverses produisaient mais par égard pour toutes les causes impopulaires que j'avais défendues, certaines par conviction, d'autres par rancœur envers ceux qui ne partageaient pas mon optique, et surtout en hommage à George Orwell dont la définition de la liberté – « *le droit de dire aux gens ce qu'ils ne veulent pas savoir* » ne cesse de m'inspirer. Et puis je me souvenais encore d'une leçon marquante apprise à l'école de journalisme et renforcée plus tard par les exigences du métier.

—Entendez-bien, souligna le président, le journalisme est une vocation comme la guerre et le sacerdoce. Nous ne vendons ni le flair ni la hardiesse de poursuivre la vérité là où elle se cache. La vérité est comme un scorpion : elle s'aplatit sous un rocher pour mieux se dissimuler. Vous serez chargés de déblayer la rocaille et de mettre à jour l'abominable bestiole. Entre les leçons d'Histoire, de sciences-po et de sociologie, vous apprendrez à mener des interviews, obtenir – non, arracher – des renseignements, à refouler les idées préconçues, réprimer vos opinions, et dominer vos phrases en supprimant les mots superflus. Nous vous enverrons sur les Grands Boulevards, les traboules du vieux Paris, les musées, les théatres, les Halles, les marchés du dimanche, les postes de police, les gares, les bordels et les morgues. Si vous n'avez pas le feu au cul, l'amour des lettres, une passion pour la pensée écrite, vous vous être trompés d'adresse. Si les Muses vous font de l'œil, nous vous aiderons à en faire des amantes fidèles et aguichantes.

Je me souviens avoir distraitement fixé mon regard vers le plafond orné de chérubines souriantes aux fesses roses survolant un festin où se prélassent des dryades voluptueuses et des satyres virils qui, brulant de désir, se dissimulent derrière un taillis. Nous restâmes tous assis, immobiles et pantois, frappés par ce discours incisif, une vague inquiétude serrant comme un étau l'échine d'une douzaine de jeunes étudiants, tous rêvant d'un scoop sensas, d'un éditorial désarmant.

En face, sur la rue de Rennes, [l'école a depuis déménagée au 107 rue de Tolbiac dans le 13ème arrondissment] baignant dans la lueur dorée des premiers jours d'automne, se dressait l'église Saint-Germain-des-Prés, fière dans son austérité romanesque. Sur le troittoir, jongleurs, troubadours, acrobates se fiaient à la générosité des badaux. Au coin, à la terrasse des Deux Magots, les habitués sirotaient des expressos aromatisés dans des tasses petites comme des dés à coudre et dégustaient des vins blancs. Les sièges qu'ils occupaient avaient jadis accueilli Ernest Hemingway et Gertrude Stein, Samuel Becket et F. Scott Fitzgerald, Aldous Huxley and James Baldwin, Jean-Paul Sartre et

Simone de Bauvoir, entres autres. Je m'y installais de temps à autre, mal à l'aise, convaincu que le génie est incessible, même par osmose.

♦

Il n'était pas question de renoncer au modeste succès que j'avais remporté. Bien que n'ai jamais prétendu que mes chroniques influenceront l'opinion publique, j'avais maintenant—bonne ou mauvaise—une réputation à maintenir et je ne pouvais pas me permettre de changer fusil d'épaule ou de m'abstenir de ce vice envoutant auquel j'avais consacré ma vie. J'avais un public et de nouveaux antagonistes à harceler. À peine mes coups de gueule avaient-ils créé l'effet voulu—choc, indignation ou horreur devant la litanie de misères humaines que j'énumérais—que je lançais une autre salve. Ce qui avait été un fantasme donquichottesque juvénile, s'avéra un réflexe indomptable. Je persisterai pour voir où ce pacte faustien me conduirait. Je ne me suis jamais retenu.

Peu à peu, alors que je contribuais aux escarmouches intellectuelles de l'époque, mes débats évoluèrent. Tactique deviendra stratégie à long terme : Exhumer la vérité—sublime et hideuse, rédemptrice et accablante—de la vase où elle se cache... et où elle est le plus souvent sciemment enterrée. Les hommes sont violents, corruptibles, narcissiques et mesquins ; ils se profanent en se vouant à ce que Maïmonide appelait à juste titre des « croyances insensées et des coutumes dégénérées. »

♦

J'avais la cinquantaite et je me trouvais involontaire-ment retraité. Ceux que l'on prive soudainement d'un emploi parce un patron parcimonieux les juge « sur-qualifiés, » (euphémisme crapuleux) ressentent l'aiguil-lon du chômage forcé. C'est alors qu'à l'abri du crayon rouge du relecteur ou de la menace omniprésente de la censure, que je me mis au travail en transformant un journal intime en une autobiographie bourrée de commentaires sur le monde tel que je le voyais. Satirique, politiquement incorrect, dépourvu de rationalisations simplistes, ce qui émergerait après cinq longues années de travail est une courbette au journalisme gonzo, un hommage à mes parents, un testament personnel dépourvu de pédanterie ou de fausse modestie et, peu importe les conséquences, la mise en examen du sadisme des hommes, de leur lésinerie, tartufferie, ignorance, étroitesse d'esprit et sottise. Non, ce n'était pas une crise de ménopause masculine, un accès d'exhibitionnisme, une catharsis ou l'espoir illusoire d'un succès littéraire. J'étais poussé par le besoin impérieux de tout dire, sans ambages et avec autodérision dans un mémoire qui s'étend sur quatre continents et huit décennies. [Jeu de Rôle — Souvenances d'un Baladin, CCB Publishing © 2019].

♦

Ce que le président de l'école s'était retenu de dire c'est que le journalisme est un métier dangereux et que le public est ingrat, rancunier, et souvent vipérin. Oui, le journalisme est un premier brouillon de l'Histoire que les historiens se chargeront de décanter, de mal interpréter et, le cas échéant, de travestir. Et tandis que les révisionistes s'affairent à banaliser les faits, à falsifier la vérité, à l'ensevelir, à calomnieer ceux qui la poursuivent, à les museler et, de plus en plus souvent, à les supprimer, les journalistes captent les images, les sons, les odeurs impérissables du drame humain. On nous reproche d'éventer des vérités inconvenantes, de chercher la bête noire, de ridiculiser les canailles haut-placées, de lamenter les guerres illicites, immorales et ingagnables. On médit notre culot. On nous accuse parfois même de trahison. Nos révélations, gênantes, parfois compromettantes, toujours inopportunes, sont invariablement anathématisées par ceux qui en sont la cible. Nous sommes les pourvoyeurs d'infox et, par inférence, les ennemis du peuple. Quand nos exposés sont effrontés ou affolants, on nous accuse de donner au public des palpitations. Nous sommes les boucs émissaires du dévergondage que la « société, » afin de s'en remettre, préfère oublier. Tout ce que nous rapportons sera calomnié.

Dotés d'une saine curiosité et de souplesse intellectuelle, un bon nombre de lecteurs et téléspecta-teurs nous accompagnent. C'est à eux que nous consacrons nos reportages, nos commentaires. D'autres, impatients, distraits, malveillants, scrutent et dissèquent nos mots comme s'ils recelaient un massage codé subversif. Certains prônent la censure. Ils exhortent les médias à regarder ailleus. Ils sont tellement ébranlés par la vérité qu'ils veulent l'incinérer. L'Histoire regorge d'autodafés dont les crieurs publics en sont les premières victimes. Ce qui explique pourquoi certains médias, afin de survivre, se détournent des questions pesantes du jour et se penchent soit sur les faits divers sordides dont le public est assoiffé ou sur les banalités quotidiennes qui nous éloignent de la réalité. Être « politiquement correct » (le sacrifice de la vérité sur l'autel de l'hypocrisie) apaise le public et soulage les publicitaires qui ne se soucient que de leurs revenus.

Nous ne sommes pas payés pour guérir les maux que nous montrons du doigt. Notre mission est de quérir, de découvrir et de diffuser. La vulgarisation de faits incontestables n'est pas un acte de déloyauté. Critiquer n'est pas incivique. Au contraire, c'est le droit et le devoir de tout citoyen. Une presse libre et indépendante est l'armature de la démocratie. Le vrai traitre est le silence. Se taire c'est devenir complice.

♦

Je regarde Yossi. Attroupés derrière lui, les Immortels me dévisagent. Leur regard trahit la sinistre ardeur du fanatisme, l'impatience des possédés de solenniser leur foi. J'avais vu ce regard pendant les circoncisions rituelles, les bar-mitsvas, les baptêmes, les communions, les veillées de prière, les scarifications tribales, les transes cataleptiques ou démentes des chrétiens « nouveau-nés, » les exorcismes, les prières futiles des malheureux à Lourdes, les révérences convulsives des Juifs Orthodoxes devant le Mur des Lamentations, la stupeur des mystiques et les visages inquiets des enfants à qui on lis un conte de fées effrayant. Ils ne ressentent ni sympathie ni un entendement du dilemme existentiel dans lequel ils m'ont mis. Les attentes du clan sont injustes. Comment osent-ils glorifier leurs traditions en les imposant à quelqu'un qui les rejette d'emblée ?

X

À un âge quand le poids des années atténue les convictions les plus tenaces en reléguant les causes les plus nobles à un état de priorité amoindrie, je me rends compte que j'ai encore « le feu au cul, » que rien n'a calmé la tempête qui m'anime et que, acculé contre un mur, je suis prêt à me battre.

—Oui, on te connais, dit Yossi—ton raisonnement, tes mots, tes actes. Cependant c'est une affaire de famille. Si la tradition doit être servie, si l'harmonie doit prévaloir, nous devrons t'accorder un certain degré de flexibilité et ...

—Abraham est de la famille, et pourtant ...

—Abraham est Abraham, Il n'a pas changé.

—Et moi non plus. Les libertés dont je jouissais hier me stimulent encore plus aujourd'hui.

—Tu n'as rien à craindre. Nous te permettrons une grande latitude philosophique. Bien sûr, nous espérons que tu n'en profiteras pas. Feignant la bienveillance, Yossi sourit d'une oreille à l'autre. Je n'étais nullement amusé.

—C'est insensé. On m'accorde le droit de me cramponner à mes convictions tout en leur imposant des limites indéfinies. N'y pense plus.

— Nous sommes tous les héritiers de notre passé. Nos souvenirs nous définissent. Nos traditions nous soutiennent. Tout ce que nous te demandons, c'est de ne pas les outrager.

— Les souvenirs auxquels vous vous attelez déforment un passé que vous n'avez pas vécus. Vous le singez, c'est tout. Vous êtes tellement obsédés par ces souvenirs pétrifiés que vous en concevez d'autres afin d'écarter la réalité. Souvenirs ? Traditions ? Vous vous entêtez à glorifier un passé blafard, malsain, dépourvu d'imagination, régressif, conformiste, pharisaïque, et vieux-jeu.

Livide, Yossi se tait.

— Laissez-le réfléchir, risque mon père.

— Soyez raisonnables, lance le généreux Néné Boubi, donnez-lui du temps. En proie à un paroxysme de Tourette, il éternue trois fois de suite, et se met à couiner comme un porcelet.

— Non ! siffla Mima. Pas d'exceptions.

— D'accord. Nous comptons sur toi. Ne te fais pas honte en refusant. Ne te dispute pas avec Dieu. C'est grâce à lui que …

— C'est malgré lui … Vous n'avez rien compris. Je suis comme une machine à laver : J'agite, je secoue, je remue le linge sale. C'est ainsi que je fonctionne. J'étais honnête avec vous. J'ai inventorié toutes les raisons qui me rendent incapable de participer à ce que vous prenez pour un drame cosmique inaltérable. Tôt ou tard mon apostasie, mon intransigeance deviendront insupportables Combien de temps avant que l'un d'entre vous, poussé à bout, ne riposte en me tirant une balle dans la tête ?

—Ça ne servirait à rien, ricana Mima. Il n'a rien dans la tête. Il manque de conscience.

Mon grand-père, qui astiquait son pistolet, l'enfonça rapidement dans sa poche.

◆

C'est quoi la conscience ? C'est cette étincelle de lucidité et de décence qui nous sépare des objets inanimés. Elle est antérieure aux injonctions codifiées par les hommes. Et elle ne cesse de nous ronger, de nous harceler. « La vertu ne rend pas les hommes heureux, » avise Baruch Spinoza. « C'est le bonheur qui les rend vertueux. »

◆

Je me souviens, cher ami, quand tu m'as demandé, « Crois-tu que les hommes ont une valeur quelconque ? » Tu avais ajouté que les humains « sont trop stupides pour survivre, que nos habitudes d'accouplement sans entraves mettent en danger la planète et que rien n'empêche la bonne science d'être ignorée comme l'idiotie, la méchanceté, et le silence conspirateur des hommes. »

Les humains ont-ils de la valeur ? Ta question me fit sursauter car tu l'avais lancée avec une candeur presque enfantine, très loin de ton sarcasme habituel. J'y ai pensé et crois t'avoir répondu que certes, les hommes ont une valeur intrinsèque mais uniquement au niveau le plus intime. Nous aimons nos parents, nos enfants, nos frères et sœurs, nos amis, nos collègues. Nous vénérons également les génies créatifs (philosophes, écrivains, poètes, compositeurs, virtuoses, peintres, sculpteurs, etc.). Nous accordons moins de valeur aux inconnus que nous croisons au cours de nos méandres quotidiens, et beaucoup moins encore à cette multitude sans visage qu'on appelle « la race humaine, » cette masse amorphe qui inspire la pitié alors qu'on pense à autre chose.

Ceux qui prétendent professer un « amour » inconditionnel pour l'humanité sont soit des utopistes dérangés, ou des menteurs. À l'ordre cosmique, les humains ne valent pas plus qu'une chèvre, un papillon, un rhinocéros ou un iguane. De ce point de vue, toute vie est précieuse, ce qui explique pourquoi nous la diffamons, déprécions, dégradons, étouffons. J'avais appris cette leçon quand j'étais enfant alors que la France se recroquevillait sous l'occupation allemande. C'était une leçon qui allait prendre toute une autre allure quand le hasard me conduisit à Ein Sof.

◆

Ayez pitié du crieur public. Son message est discordant, son rendement les piètres éclats d'un esprit égaré qui s'amuse à déshabiller le monde tout en se recherchant lui-même. Il ne réclame aucune récompense. Il se contente de semer l'inquiétude alors qu'il s'égare dans un labyrinthe jonché de pièges. C'est la maussaderie que ses rouspétances transmettent, la consternation, l'indignation qu'elles peuvent susciter, qui le stimule. Il ne prétend pas distraire son audience. Il submergera les ombres de lumière, éventera les puanteurs les plus fâcheuses, mais il ne peut promettre ni sagesse, ni vérité éternelle. Il est affligé d'une malédiction exquise : il fut baptisé dans une fontaine abreuvée d'encre. C'est avec elle qu'il se désaltère. J'en sais quelque chose. Je m'y suis presque noyé. Ces cavalcades obligent ceux qui osent s'aventurer au-delà de la raison de constater en faisant escale dans dans un port jusque là inexploré (comme je le fis en arrivant à Ein Sof) qu'il n'y avait aucune raison impérieuse de se déplacer. Car au bout même de leurs pérégrinations insensées, sages et confus, ils concluront que certains objectifs ne méritent pas d'être visés, moins encore surpassés.

XI

J'ai du mal à te dire combien j'en veux aux Immortels. C'est le genre de courroux et d'impatience futiles qu'un odieux petit marmot attise chez les parents les plus indulgents. Tu me connais. Je n'ai rien contre Dieu. Nous nous sommes séparés il y a longtemps. Que dis-je ? En fait, je n'ai jamais fait sa connaissance.. J'ai osé imaginer un être dont on parle sans cesse et avec tant d'éloges mais qui, comme Godot, a sauté le rendez-vous et nous a laissé pantois.. Je me suis rendu compte spontanément, sans interférence ni incitation par qui que ce soit que le concept de Dieu est si absurde qu'il devrait être aboli. J'avais six ans. Je ne croyais pas aux contes de fées. Je les trouvais ennuyeuses, niaises, avilissantes. Je comprendrai plus tard que la foi exige qu'on ferme les yeux sur la réalité pour ne pas souffrir l'amertume d'une fausseté insupportable.. Croire san preuve empirique signifie ne pas vouloir savoir ce qui est vrai. Les convictions inflexibles sont plus dangereuses qu'un mensonge. Elles sont les prisons dans lesquelles nous nous enfermons de plein gré afin de nous protéger contre les vérités inconvenantes.

Le surnaturel et le mysticisme sont des domaines dans lesquels je n'ai jamais mis les pieds. Je reconnais l'existence d'une « énergie » impersonnelle, insondable qui dirige les rythmes de l'évolution et déclenche les spasmes et les cataclysmes qui convulsent l'univers.

Mais comme je n'ai jamais trouvé aucune preuve d'un surdoué paranormal capricieux et vengeur, j'ai largué cette énigme dans la poubelle de la spéculation et de l'irrationalité. L'existence alléguée d'un créateur/juge/ jury/bourreau ne justifie pas sa divinisation.

J'en voudrai aussi aux voyants que Yossi et ses sbires ne cessent de citer : Jérémie, Ésaïe, Ézéchiel, Daniel, Habacuc et leurs disciples pour avoir augmenté de leurs propres hallucinations terrifiantes la colère que le « Tout-Puissant » menace de déclencher — s'ils pèchent — sur son peuple bien-aimé. Et ce n'est que dans la mesure où les prophéties furent légitimées par des catastrophes (voir Genèse, les Croisades, la « Sainte » Inquisition, le génocide arménien, les chambres à gaz du Troisième Reich, et les charniers du Cambodge, du Rwanda, du Soudan et au-delà, que les événements ont acquis une métaphysique qui nous englouti dans un état de terreur.

Les prophètes ? Les pronostiqueurs, les devins, les mystiques de l'Antiquité, étaient-ils tous sous l'influence de substances hallucinogènes — champignons, opium, haschisch, cannabis, feuilles de coca, sécrétions de crapaud ? (La colle n'avait pas encore été inventée). Souffraient-ils de mégalomanie, de monomanie, d'égomanie ou de thanatomanie — une préoccupation morbide avec la mort ? On les aurait considérés tous déments si la psychiatrie moderne avait été accessible à des aliénés paralysés par la superstition, marinés dans la mysticité, et prédisposés à attribuer tout phénomène naturel inexplicable à un esprit invisible et hermétique.

Quant à la « tradition » qui m'obligerait de prendre les rênes du clan, même brièvement, je la trouvais inéquitable et insensée. Je n'ai jamais été un suiveur ; je suis incapable d'être un meneur. Conférer la responsabilité de gérer une famille à un seul individu affaiblit peu à peu l'indépendance du dirigeant tout en auguisant les ressentiments et fanatisme des gouvernés. Le leader, chargé de faire respecter les traditions, n'a pas l'incitatif (ou le courage) de les moderniser, alors que les dirigés sont contraints par des lois et des protocoles qui méritent d'être abrogés, surtout s'ils violent les droits individuels légitimes ... mais ne le sont jamais. C'est un cercle vicieux. Tôt ou tard tous les despotes sont renversés

◆

Ce qui découle des luttes doctrinales qui divisent la société est un tir à la corde entre des idées contradictoires. Les vérités essentielles sont souvent piétinées. J'entends souvent exprimé d'un ton plaintif (ou bilieux), « J'ai droit à mes opinions. » Certes, je réponds, à condition d'avouer que ce ne sont ques des opinions. Une opinion n'est pas un fait. Tout le monde a des opinions, des bêtes noires. Une grande partie de nos édifices mentaux sont érigés à priori d'un échafaudage complexe de doctrines — souvent celles d'un d'autre, surtout quelqu'un qui nous précède de décennies, de siècles, voire de millénaires. Au lieu de les rejeter nous adoptons ces conventions biaisées, désuètes, et injustes, nous nous y cramponnons, affirmant qu'elles sont le fruit de nos propres réflexions parce qu'elles nous encouragent à ne pas penser, parce qu'elles nous protègent de ce que nous craignons le plus — la vérité — parce qu'elles nous mettent à l'aise dans le cocon idéologique que nous tissons et dans lequel nous nous enfermons afin de mieux la calomnier. Dans les sociétés libres, aussi absurdes soient-elles, toutes les opinions sont charitablement accordées un statut d'équivalence. Seule la vérité est soumise à des débats. Que dire de l'ultimatum de Yossi, « N'abuse pas ta liberté de conscience, » sans parler de son ignoble sous-entendu : Dire la vérité est une forme de trahison.

Je ne prétends pas avoir toutes les réponses. Je tâtonne dans le miasme de l'ignorance et de la peur, et je pose des questions, certaines troublantes, d'autres insupportables. Ce que je découvre ne peut plaire à tout le monde. Je ne participe pas à un concours de popularité. Je ne ressens aucun plaisir en affichant les maux de l'humanité, car j'y découvre mes propres faiblesses.

Oui, il y a infiniment plus d'opinions que de faits et, certes, nous en sommes amoureux. Après tout, les opinions peuvent allègrement méconnaitre et, au cas échéant, corrompre la vérité. Rejetons de l'ignorance et des fausses illusions, elles colportent des raisonnements criblés de monstruosités idéologiques. Elles nous cuirassent contre la tentation et les risques de les contredire. Articulées par des démagogues, les convictions personnelles prennent des dimensions dangereuses. Elles ne sont plus ce qui peut être déduit par la logique ou l'expérience, mais par ce que les marchands d'opinions eux-mêmes exigent. Régurgités par des imbéciles, elles sont rapidement adoptées par d'autres imbéciles. Afin de promouvoir leurs idées (ou de détourner l'éclat aveuglant des vérités incontestables) les disciples des dogmes politiques et religieux extrémistes, comme le sont certains de mes rivaux les plus acharnés, s'appliquent à brouiller la vérité. Plus leur zèle à avancer leurs intérêts (ou à faire taire leurs opposants idéologiques) est grand, plus ils insistent que les libres-penseurs, les iconoclastes et les taons (traduction : journalistes honnêtes) ont non seulement tort, mais qu'ils s'empêtrent dans une sinistre cabale dont le seul but et de semer des impiétés et des blasphèmes. Cet état d'esprit conduit au lavage de cerveau et aux autodafés, comme l'ont montré les chasseurs de sorcières, anciens et contemporains. Seuls ceux qui sont prêts à remettre en question la validité des « sagesses conventionnelles » se rapprochent de la vérité. Un raisonnement fallacieux, aussi licite soit-il, est souvent plus nocif qu'un mensonge. C'est la prison dans laquelle nous nous enfermons pour feindre une conscience claire. Comme Mark Twain a remarqué, une conscience claire fait preuve d'une mémoire défectueuse.

Un fait ennuyeux dénoncé honnêtement et raisonnablement, est plus utile que les mythes colportés par des militants mal informés ou pharisaïques. Lorsque l'instinct du troupeau est en jeu, comme ce fut le cas l'autre soir dans la salle communale, ce sont les

mythes, hélas, qui triomphent. Les convictions inflexibles rendent les hommes aveugles, arrogants et,
poussés à l'extrême, fous.

XII

Mon père n'est pas bavard. Il ne pose pas beaucoup de questions mais elles sont toujours au point. Celle-ci, irréfutable, faisait l'écho des luttes intérieures qui marquèrent sa vie.

—Pourquoi insistes-tu à te faire des ennemis, demanda-t-il alors que nous entamions une partie d'échecs. N'as-tu rien appris de l'hostilité et du chagrin que ton comportement engendre ?

Né pauvre, élevé par des parents affectueux mais ingénus, il se rendra compte encore très jeune qu'une bonne éducation est un sauf-conduit qui le soustraira des indignités de l'indigence. Paradoxalement, une formation supérieure—il deviendra gynécologue-obstétricien—le condamnera à une forme d'esclavage qui exigera un degré de dévouement et de conformité encore plus élevé que les disciplines endurées dans le milieu Orthodoxe confiné de son enfance. Fier, scrupuleux, soucieux de sa réputation, il passera le restant de sa vie à respecter le serment hippocratique. Il fut en effet un excellent médecin. Et pourtant, je savais que nulle occupation ne l'aurait rendu heureux—la médecine moins que toutes. La carrière qui devait le libérer des chaînes de la misère deviendra un fardeau qu'il supportera vaillamment et scrupuleusement tout en lamentant la fragilité et l'imperfection du corps humain et en déplorant l'inexactitude exaspérante des sciences médicales. Le bilan émotionnel quotidien qui accablera petit à petit un homme convaincu de la futilité de l'existence sera incalculable.

— L'humanité est un hasard absurde et une calamité, m'avait-il dit en soupirant. Remarque, si Sisyphe ne se donnait pas tant de peine à pousser son rocher vers un sommet inaccessible et de le voir retomber, il se moquerait de nous. Maintenant que j'y pense ... Sisyphe ... c'est nous. Une vie de bienveillance envers les autres, souvent récompensée par l'indifférence ou la mesquinerie, avait épuisé mon père. Se soucier trop profondément, il découvrirait, meurtrit le cœur et endurcit l'âme. Il se sentit vide et vulnérable.

◆

Le Paris carte-postale que mon père avait convoité depuis son enfance se déshabilla devant lui révélant une séduisante paire de cuisses, exposant ses trésors et promettant des jouissances inimaginables. Prague, où il avait suivi ses premeris cours de médcine, lui avait donné un avant-goût de la grande ville mais Prague, belle à regarder, souffrait, il me raconta, d'un tempérament Prusse dépourvu de frivolité. Sublime et profane, rafinée et sensuelle, Paris le séduisit aussitôt. Cette idylle, hédoniste pendant ses études, soutenue par les souvenirs et la nostalgie, dura toute sa vie. Il disparut « en éxil à Babylone » (New York) ville qu'il compara aux Temps Modernes de Chaplin, « assourdissante, agitée, insomniaque, une machine à mouvement perpétuel, incapable de susciter le moindre brin d'intimité. C'est un endroit formidable si on a vingt ans, de l'acide dans les veines, et des transistors au lieu de nerfs. »

Quant à Paris, il avouera plus tard, « Plaisirs remis, plaisirs accrus. » L'érotisme sous-entendu de cet aphorisme spontané évoquera pour mon père une corne d'abondance et de délices. Certes, Paris est une séductrice irrésistible mais son chant de sirène, dans l'intérêt de ses études médicales, sera provisoirement mis en sourdine. Il se fait figurant et décroche un rôle quelconque dans un film d'époque. Il porte « une tenue crasseuse et une perruque poudrée si vieille, si galeuse et puante qu'elle aurait peut-être appartenue au Roi Soleil. » Ce n'était pas un rôle parlant mais il joua plusieurs personnages dans des scènes diverses dont une le verra à cheval.

— Ma monture, une mule incontinente aux jambes tremblantes, prenait plaisir à me desseller. Je me suis souvent retrouvé dans un tas de merde. J'ai finalement demandé qu'on me transfère à l'infantrie. Dans une des nombreuses scènes de bataille filmées en gros plan, je devais mettre fin d'un coup de baïonnette aux agonies d'un fantassin Hesse. La lame escamotable était enrayée et j'aurai mis le pauvre bougre en brochette si l'epaisse centure cloutée qui cernait ses flancs n'avait pas absorbée mes coups. Dans une autre scène, mortelle-ment blessé, je devais serrer mon cœur et tomber en arrière. Le régisseur trouva mon mimétisme peu con-vaincant et me fit mourir plusieurs fois de suite. Á la fin du tournage et pendant quelque jours j'ai eu mal partout. Je n'ai jamais vu le film.

Je n'oublierai jamais cet aparté. Proféré sans simulacre ou arrière pensée, il m'avait semblé d'une grande richesse métaphorique : La vie n'est-elle qu'une mise en scène ? Sommes-nous tous les décombres défigurés de l'imagination d'autrui ? Imaginez le personnage d'un récit qui, une fois pourvu de forme, de substance, d'émotions, de volonté, de convoitises et de souvenances imaginaires, intente un procès contre l'auteur pour lui avoir donné la vie, causé de la peine en le créant imparfait, car l'imperfection est l'apanage des hommes, pour l'avoir extirpé du néant de son inexistence et de l'avoir attelé à des rêves irréalisables.

J'en ai jamais parlé avec mon père. Il considérait ce genre de galipettes frivoles et superflues. Ceci d'un homme incapable de se faire payer par ses clients.

—Combien vous dois-je, » je me souviens les avoir entendu dire.

—Bof, je ne sais pas, répondait-il, ses yeux au sol, nettement gêné. Ce que vous pouvez. Ne vous inquiétez pas si vous êtes à court d'argent. Vous pouvez régler la note la prochaine fois. L'argent le mettait mal à l'aise.

—Je trouve grossier de se faire payer pour guérir, soulager la douleur ou sauver la vie. Je ne m'y habituerai jamais. Quelle philosophie remarquable venant d'un homme qui, de son propre aveu, fit la médecine pour échapper à la misère abjecte de son enfance.

Un ancien étudiant en médecine qui se vante

aujourd'hui d'un appartement luxueux au dernier étage d'un gratte-ciel à Manhattan, d'une maison de campagne et d'un yacht au mouillage dans un archipel de corail dans les Antilles, demanda à mon père ce qu'il considérait comme les tabous médicaux les plus graves.

—Ne pas opérer, sauf en cas d'urgence; ne pas surmédicamenter et ne jamais facturez au-delà de ce que vos clients peuvent se permettre. Ignorez les deux premières injonctions et vous manquez de principes. Violez la troisième et je vous appellerai un vampire.

Mon père me manque. Il était incorruptible. Il ne supportait pas les sophismes et n'avait pas de patience pour les équivoques et les zones ombragées qui séparent le bien du mal. Il vivait frugalement—« de combien d'argent a-t-on vraiment besoin pour vivre avec dignité » demanda-t-il un jour à un collègue richissime qui trouva la question contentieuse. Si seulement j'avais un dollar symbolique pour chaque patient que mon père traita gratuitement, pour chaque gigot d'agneau ou panier d'œufs qu'il accepta en lieu d'honoraires, pour chaque dette qu'il pardonna… Il était le magnifique anticonformiste que la plupart des hommes n'ont pas le courage d'être.

♦

—Alors, pourquoi te fais-tu des ennemis, répéta mon père.

—Ennemis ? On ne se « fait » pas des ennemis, papa. Tu le sais mieux que quiconque. Ne m'as-tu pas encouragé de donner libre cours à mes convictions ? Les ennemis sont à l'aguêt comme un prédateur prêt à bondir sur une proie sans méfiance. Ils existent comme les orties et les scorpions et les aspics. Ils pullulent comme les pissenlits et les mauvaises herbes. Les tramontanes — l'avidité, le mépris, l'ignorance — répandent leurs graines aux quatre coins. La haine que mes ennemis ressentent est un reflet de *leur* intolérance et de *leur* hostilité enracinée. C'est eux qui m'accusent de malveillance. Je n'y peux rien.

— Ils sont guidés par leur croyances.

— Les absurdités que l'on ne peut défendre que par la croyance sont *ab ovo* des mensonges.

— N'insiste pas. Tu te heurtes contre un mur de fanatisme religieux. On ne s'en sort pas indemne. Mon père en savait quelque chose. Il avait plus d'égard envers les pénitents qu'envers les chastes. Il considérait la vertu comme une forme de lâcheté. Une bonne partie de toute moralité, disait-il consiste à éviter le risque ; la « sainteté » à se garder d'agir. Il croyait aussi qu'un pêché d'omission est aussi grave qu'un méfait délibéré parce qu'il comporte le même degré de préméditation.

— On peut commettre un crime sans y réfléchir, sur le coup, poussé par la colère ou la folie. On ne s'abstient de faire du bien que dans un but délectueux, il aimait dire. Il sera son sort de découvrir, non, de redécouvrir, cette fois-ci à Ein Sof, que le mal a le même visage, mais qu'il s'exprime avec beaucoup plus de malveillance.

— Un serpent produit du venin, qu'il ait l'intention de mordre ou non. « *Juste en cas de …* » est la devise du prédateur humain.

—Tu as raison, soupira mon père, mais la logique et la sagesse, aussi clairement et rationnellement soient-elles formulées, ne restaurent une vision claire de la réalité à ceux qui souffrent d'une myopie congénitale. Tu es incapable de modifier la réalité qu'ils choisissent de reconnaître, d'ignorer ou de rejeter. Pas ici. Pas à Ein Sof. Pas parmi les anciens. Ce que tu vois, entends, perçois, de manière tangible et dans l'abstrait, est suprême, irrévocable.

Alors que mon père parlait, j'entendis provenant de la salle commune les harmonies étranges du poème symphonique de Moussorgski, *Une Nuit sur le Mont Chauve*. L'angélus sonna au loin. Les premiers rayons de l'aube firent signe aux striges et aux dibbouks de rejoindre leurs sépulcres.

XIII

Séparés de trois siècles, le philosophe Baruch Spinoza (1632-1677) et le physiciste Albert Einstein (1879-1955) se prononcèrent sur la relativité, le premier en explorant le domaine ontologique, le second en postulant des lois cosmiques immuables. Ils aboutirent à des conclusions analogues, parmi elles l'étrange constatation que ce que nous percevons dépend de notre point de reférence. Je me souviens d'une histoire que mon père m'avait racontée quand j'étais encore enfant. Il l'avait préfacée en disant que ceux qui manquent d'imagination sont incapables de distinguer toutes les facettes dont la réalité est parée ; ils n'en voient qu'une seule — celle qui leur convient. La provenance de cette histoire m'échappe mais la leçon qu'elle enseigne donne à la relativité un aspect plus « vécu » que le rationalisme déiste de Spinoza ou les théorèmes ahurissants d'Einstein.

Venus d'une planète lointaine, des voyageurs visitent la Terre. Ils sont conduits vers un magnifique palais. Introduits dans les appartements du roi, ils observent des membres de son entourage se prosterner devant lui avant de se mettre à genoux, de poser leurs fronts sur les ourlets de sa robe tissée d'or, et de baiser ses pieds. Fort émus, les touristes extra-terrestres infèrent par ces gestes d'adulation que leur hôte est un grand personnage, un bienfaiteur aimé de tous, peut-être même un saint. Autrement pourquoi serait-il l'objet d'une telle servilité ?

Les voyageurs sont ensuite invités à visiter une mine de charbon. Là, ils aperçoivent des pauvres êtres au visage noirci qui peinent de l'aube au crépuscule dans la suffocante obscurité et la poussière gluante des abysses sataniques. Assurément, ils se disent, ces terriens sont des malfaiteurs, des maudits, des sous-hommes ou alors ils ne seraient pas soumis à un el supplice.

Les connaissances humaines, nous dit Spinoza, ne sont pas toujours ancrées dans la réalité. Il suggère avec une subtilité rationaliste qui n'échappera pas à l'Index Librorum Prohibitorum où ses œuvres seront enregistrées, que le caractère et la structure de la réalité dépendent non seulement de notre point de vue, mais des croyances d'occasion que nous adoptons (ou contre lesquelles nous sommes acculés) et qui les occulte. Einstein ira plus loin. Il proposera que la réalité est non seulement ce que le « soi » perçoit mais que l'action même de l'observer la transforme. J'aurai l'occasion de vérifier ce phénomène insolite, non pas dans la parfaite géométrie du cosmos, ni dans les dédales de la logique cartésienne, mais dans deux régions à la fois hostiles et attenantes, un endroit où le référent et son sens ne peuvent être séparés, où nulle distinction ne peut être faite entre ce qui « est » et ce qu'il « signifie. »

Un jour, de passage à la Ciudad de Guatemala, j'assiste à une réception dans un hôtel de luxe. Je rencontre des dames embijoutées et peinturlurées comme le font les vieilles putains dans le vain effort de masquer les ravages d'une senescence prématurée. Je serre la main de gentilshommes suffisants, parfumés, brillantinés, et affublés de tailleurs croisés, de cravates en soie, et de chaussures en peau de crocodile. J'échange des platitudes et souffre le babillage sirupeux entre ceux qui sont venus pour être vus et ceux qui insistent à être entendus, tous joutant afin d'attirer l'attention de ceux qui ne faisaient attention qu'à leur propre personne tandis que des bons crus et des amuse-gueules voyageaient d'un bout à l'autre de la grande salle de réunion sur des plateaux en argent charriés par des laquais gantés de blanc. Tant de richesse et d'ostentation, je remarquerai, dans un pays aussi pauvre [Le Guatemala a le quatrième taux le plus élevé de malnutrition chronique au monde] doivent être l'apanage même de la vertu, de l'incorruptibilité.

Tôt le lendemain matin, alors que j'explorais El Hoyo (Le Trou), les bas-quartiers de la ville, là où les incorruptibles ne s'aventurent jamais, je rencontrai des enfants à demi endormis qui tiraient des charrettes éclopées, des paysans trempés de sueur entassés comme des sardines dans des mini-camions crachant des jets de fumée noire, et à moitié ensevelis sous les biques, les pourceaux, la volaille, et les légumes qu'ils transportaient depuis leurs hameaux lointains. Assis contre un mur dans la suffocante pénombre d'une bâtisse abandonnée des enfants sans abri en guenilles inhalaient de la colle pour mieux échapper à la réalité qu'ils étaient contraints de vivre. Plus loin, allongée sur une litière de haillons crasseux près du caniveau où coulait un ruisseau d'eau d'égout, une femme somnolait, un nourrisson à son sein tandis qu'un enfant plus âgé essuyant sur sa manche un nez qui ne cessait de couler, gémissait lugubrement. Et quand j'atteignis le *Basurero,* le dépotoir municipal tentaculaire sous un ciel limpide assombri par des escadrilles de vautours, je découvris des tout petits fourrageant des amas d'immondices. Au fond du ravin, ensevelis jusqu'aux hanches dans des ordures fumantes, se disputant avec les odieux charognards, des gamins fouillaient les rebuts comme s'ils recelaient des trésors.

Me trouvant dans cette réalité jusque-là inconnue, je me demanderai quels péchés monstrueux cette masse humaine aurait pu commettre pour mériter un tel sort. Voletant sur les ailes d'un coup de vent soudain, une serviette en papier froissée et barbouillée de rouge à lèvre atterrit à mes pieds. Je reconnu le monogramme doré de l'hôtel où la réception avait eu lieu la veille. J'ai failli hurler.

♦

De retour à Lomakhome, bouleversé par le souvenir troublant de cette récente tournée, je rencontrai un fantôme sans nom. Les sans-foyers sont privés d'une identité. La folie, dans son cas, avivait l'éloignement, l'anonymat. Elle n'avait pas de nom et elle passerait d'un bout à l'autre de cette dimension et de cette vie inconnue, inaperçue, oubliée. La démence et l'amnésie l'avaient arrachées des griffes de la matérialité. Et pourtant elle était réelle, vexante, le symbole et victime de la société qui l'avait enfantée. Oubliée, détestée, elle inspire le dégoût mais non pas la pitié parce qu'elle se montre impénitente, défiante dans sa grotesque forteresse de carton et de plastique, parmi les débris de ferraille qu'elle collectionne, les déchets dont elle se nourrit, les souvenirs inutiles qui la hantent peut-être encore. Près d'elle, intemporelle, édentée, devenue sauvage et folle, trop folle pour ériger son propre abri, sa compagne se berçait de droite à gauche, en avant et en arrière, ou piquait un somme agité sur le trottoir. Secouant un tuyau en caoutchouc ou un vieux manche à balais, elle harcelait les passants et les spectres, un poing décharné levé contre les taquineries des enfants, frappant le sol sous l'emprise de la colère, confuse, exaspérée, crachant sur les badauds, et lançant un torrent d'invectives. Parfois la rage se levait comme une flamme et les larmes inondaient son visage raviné par l'âge, l'indigence, et le l'épuisement. Et puis elle se calmait, se rebranchait momentanément sur l'univers qui l'entourait, et reprenait sa veillée, ahurie et muette, son regard éteint perdu dans le vide.

Un beau matin, un peloton de gendarmes à la solde des Immortels arriva sur les lieux et démolit la charpente de carton, ficelle et toile de plastique que sa compagne avait construite. Les deux femmes se défendirent férocement mais les représentants de « l'ordre » prévalurent. Les vestiges de leur fragile demeure furent emportés et brûlés. On leur accorda la permission de continuer à vivre sur le trottoir et de se débrouiller pour le reste.

◆

Le long du chemin, au bout de l'étroite ruelle qui côtoie les flancs d'une église, un homme sans nom ou âge se tordait violemment sous l'effet de stupéfiants. Il bavait, ses yeux fulminaient d'une colère née de la déraison. Il s'écroula au sol et poussa des cris terrifiants. Se vautrant dans les ordures, il s'attaqua aux démons qui le tourmentaient et failli se faire écraser par une charette. Blottis l'un contre l'autre, sains et saufs dans leurs bancs d'église, se croisant sans cesse, les fidèles assistaient au grand spectacle de la messe de midi. *Dominus vobiscum,* psalmodiait le prêtre. *Et cum spiritu tuo,* les fidèles répondirent, inconscients de l'impiété et des monstruosités qui se déroulaient *extra-muros.* Sur le parvis, adossés contre un mur, un groupe d'estropiés exhibaient leurs grotesques infirmités alors que des piétons, distraits sinon insensibles, les enjambaient et poursuivaient leur chemin. En face, une jeune fille nourrissait au sein son nouveau-né pendant que trois fillettes, chacune conçue par un autre père, apprenait le métier de mendiant. Qui sont les fous et qui sont les pauvres d'esprit qui hériteront le royaume de Dieu ? J'appris peu après que les cadavres de trois enfants de rue venaient d'être découverts tout au fond de la voirie. Ensanglantés, méconnaissables, ils avaient été ligotés, bâillonnés, violés, et abattus. J'apprendrai le même jour qu'un garçonnet de douze ans — on ne lui en aurait donné que six — avait été battu à mort par quatre justiciers, parmi eux une femme, parce qu'il inhalait du Résistol [colle industrielle toxique fabriquée et commercialisée par la compagnie américaine, H. B. Fuller].

La seule chose qui sépare Dieu de sa création est une perspective divergente de la réalité. La relativité les empêche de changer de place, de se tolérer, de se comprendre. Sur Terre, où le paradis et l'enfer coexistent côte à côte, la vertu et le mal sont moins nettement circonscrits. Pour les riches, les puissants, et les favorisés, la vérité n'est que le plus convainquant d'une série d'opinions contradictoires ou incompatibles. Plus on exprime un avis comme si s'était parole d'évangile moins doit-on s'excuser pour la stridence avec laquelle il est colporté. Pour les pauvres d'esprit, les sans-voix, les esseulés, les mals-aimés, les dibbouks et les zombis qui hantent la conscience des Immortels, la vérité, tout comme la relativité, est un paradoxe superflu. Ce qui reste c'est l'univers, indifférent et aveugle, et l'ensemble des intérêts de l'assise politique et économique dominante.

◆

L'aube s'annonçait mais le soleil ne s'était pas encore levé derrière les hauteurs de Lomakhome. Une brume grisâtre s'accrochait comme un linceul au-dessus de ses sommets. Réveillée depuis le premier chant du coq, Gloria (je lui avais donné ce nom pour commémorer son apparition fortuite) dévalait le long du sentier étroit et sinueux menant au fond du ravin à un ruisseau boueux. Pressé contre sa poitrine, emmailloté dans un haillon et toujours endormi, son nourisson ne semblait nullement gêné par les labeurs de sa mère. La piste est jonchée d'embuches mais Gloria connaît chaque rocher, chaque corniche glissante le long du chemin. Elle a fait le périlleux circuit une centaine de fois ou plus depuis la naissance, il y a six mois, de sa petite fille, et elle mesure tous les obstacles avec l'agilité et le sang-froid d'une alpiniste chevronnée.

Chargée de son précieux fardeau, un seau d'eau sale en équilibre sur sa tête, Gloria remonta vers son repaire. À mi-chemin, elle s'arrêta pour reprendre son souffle. Elle doit gérer ses forces. Elle est enceinte de son deuxième enfant et elle a à peine mangé au cours des trois derniers jours. Mais Gloria est habituée au manque. La faim, la souffrance ne la découragent plus. Elle doit s'occuper de son bébé. Un autre enfant est en route dans cinq mois ou moins, elle n'en est pas sûre. Peu à peu, la nuit pallit, dévoilant un ciel orange blafard. Un nouveau jour s'était levé. Enhardie, pleine d'espoir, Gloria reprit sa montée ardue.

Gloria a quatorze ans.

Atteignant le sommet, essoufflée par la montée exténuante, Gloria essuye son front. Devant elle, à peine visible dans la timide lueur du matin, s'étend, insouciant et inéluctable, un panorama défiguré par la misère que l'épaisse brume ne parvient pas à dissimuler. Derrière elle, en équilibre précaire au bord d'un coteau étroit recouvert d'herbes puantes, se dresse la masure où Gloria habite. À cheval sur un échafaudage de solives de bois pourries et de poutres de fer corrodées sous lesquelles se recroquevillent un petit chien émacié et un chaton hémiplégique, dépourvu de fenêtres, précaire, la cabane se dresse avec bravade, symbole du paradoxe que Lomakhome évoque.

Gloria souffle sur la flamme frémissante d'une vieille lampe à kérosène et écarte d'une main l'âcre fumée. Elle pose le nourisson endormi au sol, soutenant sa tête contre un sac à dos où elle garde toutes ses possessions: une poupée de chiffon, un pull troué, un paquet de vêtements de bébé, une vieille photographie, un peigne, une boîte de céréales, un pot de cassonade dans lequel des minuscules fourmis jaunes ont élu domicile, une croix façonnée à partir de bâtonnets de sucettes glacées, et le frontispice fané d'un livre de prières sur lequel un Jésus blond aux yeux bleus dont le regard se perd dans les nues lévite au-dessus d'un groupe de disciples envoûtés.

Gloria frotte une allumette, attise du bois d'allumage dans le creux d'un parpaing et remue une fine bouillie de riz et de lait concentré dilué dans un bol en métal grêlé. Elle cessa d'allaiter son bébé lorsqu'elle tomba enceinte. Amaigrie sa peau grisâtre criblée de piqûres de moustiques, la fillette souffre de malnutrition. Gloria la regarde avec un mélange de tendresse et d'inquiétude alors que sa propre enfance, à peine goûtée, irrémédiablement perdue, ne cesse de la hanter.

Gloria incarne l'innocence brisée, l'enfance compromise et corrompue par la pauvreté, l'abandon, et le désespoir. Je la prie de revivre son cauchemar. D'une voix douce et à contrecœur elle le remémore sans mièvrerie. Son récit, malgré l'horreur qu'il inspire, est enfantin. Son ton ne trahit ni colère ni chagrin. Elle sourit timidement, peut-être pour cacher la honte et la pitié qu'elle ressent, non pas pour elle-même, mais pour ceux qui l'ont si durement privée d'amour et de dignité. Je lui demande ce qu'elle désire le plus et j'ai immédiatement honte de la banalité de cette question. Elle me fixe d'un regard insondable, me donnant le temps de regretter mon manque de tact. Se tournant tendrement vers son bébé et tapotant son ventre bombé, l'enfant-mère répond:

— Je n'ai rien et pourtant j'ai tout.

Dans le monde des dibbouks rien et tout doivent sûrement être de trop. Le matin se leva. Une lueur laiteuse perça un horizon nuageux, éclairant faiblement les vrilles brumeuses qui planaient comme des fantômes au-dessus de Lomakhome.

◆

En lisière d'Ein Sof, Lomakhome ne cesse de déployer ses tentacules le long de crêtes arides et de ravins jonchés d'ordures, dressant l'un après l'autre des bidonvilles répugnants. C'est dans l'un de ces bas-quartiers surnommé « Limon » par ses habitants — un ruisseau de boue vert-jade le traverse — que je fis connaissance d'Angela. Elle était assise au bord d'un lit de camp, ses jambes criblées de piqûres d'insectes et de lésions cutanées purulentes, dans un sorte d'abri bâti sous un toit en tôle ondulée et soutenu par des poutres en bois. Dans un coin, sous les pâles rayons d'une ampoule de 40 watts autour de laquelle une escadrille de mouches et de papillons de nuit tournait en rond, se tenait sur une table jonchée de chiffons et de vieux journaux une figurine en plastique peinte de couleurs criardes, une Vierge à l'enfant dont le regard supplicié exprimait un mélange de douleur et de stupéfaction. De temps en temps, alors que je l'observais, Angela jetait un coup d'œil nerveux sur la sainte icône. Mais dans ses grands yeux noirs, je ne voyais qu'inquiétude et épuisement. Cette fois-ci, je me tûs. Je voulais la serrer dans mes bras et l'absorber dans mon être pour la réconforter. Mais je n'osais pas. Je pris sa main. Angela rougit, regarda ailleurs et soupira.

— Emmenez-moi loin d'ici.

L'emmener ? Où ? Comment ? Que sais-je de la métempsychose, de la transmigration des âmes ? Je n'avais jamais sauvé qui que ce soit d'un cauchemar. Et si c'était un piège, si Angela était un dibbouk, un succcube ? Je savais que les sophismes faussent le jugement, paralysent la raison, inspirent l'effroi, justifient le cynisme. Et pourtant, la discrétion étant plus prévenante que la bravoure, je marmonna une excuse douceâtre et sorti en courant, les larmes aux yeux.

Dehors, les vautours, les charognards omniprésents, reprirent leur abominabvle vigile, planant comme des démons ailés noirs à un sabbat des sorcières, prévoyant la mort, la sentant, la goûtant presque. Assurément, pensais-je, même Dieu doit admettre que Limon est un fruit très amer.

XIV

Et puis j'appris que Fabien était un enfant saumâtre, un faible, un lâche, un menteur, un malade imaginaire, un pleurnicheur qui fuyait les responsabilités, évitait tout effort physique, et prenait plaisir à fomenter des intrigues qui approfondirent l'immense gouffre affectif et intellectuel qui séparait son père de sa mère Léah. Il avait le don des larmes, les artifices de l'acteur et du charlatan. Il avait maitrisé l'art du simulacre bien avant le décès de sa mère. Il l'emploira avec adresse et malveillance bien après le mariage de son père avec Rivka, sa concubine. Léah, selon le journal intime d'Abraham, était « raboteuse et intrigante. »

Abraham avait souffert en silence. Seul Fabien était conscient de l'émoi qui dévorait son père. Il était seul témoin des enguelades quotidiennes, de la méchanceté de sa mère, des nuits blanches, des moments de tristesse si profonds, si affligeants qu'Abraham faillit se suicider.

—Fabien n'a jamais vu les larmes qui coulaient de mes yeux.

C'est ainsi qu'Abraham décrivit son fils lors d'une réunion clandestine. Il avait glissé un pli dans ma poche quand personne ne regardait :

—Je te prie de venir me voir à midi. Tu dois savoir

ce que je sais. Soucieux de ne pas éveiller les soupçons, je me retirai sous un prétexte quelconque de la table commune où le déjeuner venait d'être servi et me dirigea vers la chambre de mon bisaïeul.

—Le temps presse. Je ne peux plus vivre avec tant de secrets réprimés. Ils me consument, empoisonnent mes journées, hantent mes nuits. Écoute-moi bien s'il te plait. Les légendes poussent de nouvelles ailes à chaque récit, mais les mensonges ne meurent jamais. Ils se parent d'une nouvelle réalité et deviennent de plus en plus difficiles à réfuter. Fabien était maitre de l'art du faux-semblant bien avant le décès de sa mère et il l'exerça avec ardeur et malveillance bien après mon remariage. Il est pénible de constater qu'on vous ment. Ça devient vexant quand le menteur ne se donne même pas la peine de rendre ses mensonges plausibles. À vrai dire, ma première épouse était une musaraigne indomptable, une femme grossière et coléreuse qui m'a punie pendant plus de vingt ans parce que je ne parvenais pas à correspondre au grotesque prototype du « parfait conjoint » qui n'existait que dans ses fantasies. Je n'ai rien dit à mes proches ou à mes amis. Je ne me suis même pas confié à mon rabbin. Seul Fabien était conscient de la tristesse qui m'accablait, lui seul entendait les disputes, les vilaines paroles, lui seul était témoin de mes nuits blanches, de mes moments de désespoir si profonds que je pensais souvent à me supprimer.

Abraham s'arrêta, assiégé par les souvenirs, submergé sous le poids des aveux répétés dans son esprit mais jamais proférés à haute voix.

—Fabien était incapable de dire quoi que ce soit de gentil. Il n'a jamais mis ses bras autour de moi.

—Tu t'es enlisé dans une liaison adultère. Cela ne pouvait qu'envenimer ta vie.

—C'est vrai. Je me suis épris d'une autre femme, jeune, passionnée, attentive, affectueuse, et dans ses bras, j'ai retrouvé ma jeunesse et découvert que je possédais des réserves d'amour indemne qui devait être partagé, prodigué. J'avais depuis longtemps cessé d'aimer, moins encore de désirer Léah. Souvent l'impuissance n'est que l'écho de l'indifférence ou du dégoût. L'amour cesse d'être une joie quand il devient un fardeau. Quand Léah mourut, j'ai épousée Rivka. J'étais heureux. Fabien m'en voulait et fit tout pour aigrir ma joie. Il critiquait sa cuisine, parodiat cruellement ses airs taquins, se moquait de sa tendresse et conspira dès le début à détruire notre liaison.

—Il était jaloux, heurté. Sa mère était morte et tu accordais maintenant ton amour et ta solicitude à une intruse.

—Fabien n'a jamais vraiment aimé sa mère. Il en voulait à son règne tyrannique et me détestait pour m'être recroquevillé comme un chien battu et avoir cédé à ses caprices. Je n'oublierai jamais quand, rendu furieux, il se rua sur elle, la saisit par la gorge, la souleva à plus d'un mètre du sol et la plaqua contre un mur. Je croyais qu'il allait la tuer. J'étais là, interloqué, enivré. Je ressentis bouillonner dans mes veines l'euphorie du bagnard évadé. Un jour, quand Fabien nous surprit, ma nouvelle épouse et moi, alors que nous nous embrassions dans la cuisine, il se jeta sur elle, l'arracha de mes bras et se mit à brailler : « Tu n'es pas ma mère !»

—Qu'en est-il du grenier? Il avait dit à mon père qu'on le forçait de ...

—Répété sans cesse, un mensonge se transforme en vérité. En fait c'était son choix. Il aurait très bien pu dormir dans sa chambre sous l'épaisse couette que nous lui avions achetée. Mais dormir dans le grenier renforçait son esprit souffre-douleur. En hiver, avec le poêle à bois ronronnant toute la nuit, le grenier était bien chauffé. En été, avec la lucarne entrebaillée, les nuits passées dans le grenier étaient très agréables.

—Fabien a également prétendu qu'on lui donnait des restes à manger.

—Méchante connerie. Me crois-tu vraiment capable de faire jeûner mon fils ? Il y avait toujours un couvert à table mais il refusait de prendre ses repas avec nous. Il bouffait tard dans la nuit les mets que nous avions remis dans la glacière.

—Est-ce vrai que tu l'a chassé de ton foyer?

—Je n'en pouvais plus. Fabien était turbulent et bagarreur. Je l'ai envoyé faire son apprentissage chez un de mes amis, un fabricant de savon et de bougies. Paresseux et indocile, il fut viré à deux reprises et j'ai dû supplier mon ami de le reprendre, ce qu'il fit à contre cœur et qui mis fin à notre amitié. Morose, accrocheur et démotivé, il reprochera au monde ses défauts et à se réfugia contre les affronts imaginaires dont il se croyait victme dans l'antagonisme et les lamentations larmoyantes. Abraham me regarda, les yeux enflammés, secouant sa tête comme pour dire : « Tu comprends maintenant ? » Puis il baissa la tête, sa tristesse se transformant en honte.

La pomme ne tombe jamais très loin du pommier. Le fils de Fabien, mon grand-père Yudel, héritera son petit commerce de savon et de bougies. Mais ce métier ne l'intéressait pas. Il passera une grande partie de son temps à la synagogue immergé dans ses livres sacrés – la Torah, le Talmud, le Zohar – ou à se promener, vêtu de beaux costumes trois pièces achetés à crédit et rarement réglés. Il fera sept enfants. Quatre survivront les abattoirs du Troisièle Reich. Yudel, son épouse Perle et deux jeunes fils seront exterminés à Auschwitz, leur suif transformé en savon et bougies.

– Alors maintenant tu sais tout. Pas un mot à qui que ce soit, m'entends-tu ! Laisse les autres croire ce qu'ils veulent. Je m'en sortirai sans leur sympathie comme je l'ai fait durant toutes ces générations.

– Tu peux compter sur moi. Je pris la main d'Abraham dans la mienne. J'ai ensuite mis mes bras autour de lui. Il sanglota.

XV

Lomakhome m'attire vers elle. Je ne pourrai te dire pourquoi. Serait-ce ce qu'on appelle « le goût de la fange, » cette convoitise soudaine, inexplicable et irrésistible de renoncer à toute civilité et à tout raffinement, de plonger dans un gouffre de saleté et de perversion là où se rassemblent les plus répugnants — et les plus pitoyables — déchets de la race humaine ? Ou est-ce peut-être le besoin de les voir dans leur état le plus lamentable, l'envie de les reniffler, de les toucher et d'en être dégoûtés ? Est-ce que je souffre d'une pitié morbide ou ne suis-je qu'un voyeur détestable ? Est-ce que je reviens à Lomakhome afin de l'étudier, de me livrer à elle ou de la bafouer ? Suis-je un intrus ou le fils prodigue reprenant contact avec ses racines? N'avais-je pas vu assez de merde, de décadence, et de misère en m'aventurant dans les entrailles du monstre au cours de ma carrière de journalisme ? Après avoir consacré une bonne partie de ma vie à militer en faveur d'êtres qui semblent ne pas se soucier de leur propre destin, qui ne se révoltent pas contre les injustices qu'on leur inflige, et qui mijotent dans l'abjecte insignifiance d'une vie sans lendemain ... quelle toxicomanie infâme m'attire encore à ce trou perdu, ce Lomakhome, ce « nulle-part » grouillant d'inconnus pour lesquels je ne ressens qu'un mélange décroissant de pitié et de mépris ? Et pourtant je m'aventure dans ce gouffre sombre qui pue la souffrance, prévoyant la décadence, l'apathie et les luttes sans fin qui écrasent les parias, les indésirables, les mals-aimés que nous avons procréés.

♦

« Les enfants sont comme des étoiles, » écrit mon vieil ami, le romancier surréaliste Guillermo Y. « Ils errent dans la chair de la nuit ; mais ils scintillent. C'est quand la noirceur les engloutis qu'ils cessent d'être des enfants, qu'ils se perdent. » Ce qui brillait dans les yeux d'un garçon rencontré par hasard à Lomakhomne (je n'apprendrai jamais son nom), était de la même noirceur ardente qui brûlait les yeux de mon cousin Amos quelques jours avant que le sida l'emporte. Son étoile est peut-être plus grande que nature, mais son éclat s'estompe comme celui d'une supernova épuisée. Il ne renaîtra pas de ses cendres.

—Ça pourrait être pire, s'exclama le garçon d'un geste dédaigneux.

—C'est à dire ?

—Et si la vie était pour toujours ? Quel fléau.

Un tel fatalisme est inexplicable chez un enfant. Son cynisme, rappelant les boutades de Diogène, est profondément ressenti. Il a vu la noirceur, affronté les démons. Il a à peine treize ans.

Dès l'aube, le monde du garçon est l'archétype des dizaines de Lomakhomes découverts par hasard lors de mes pérégrinations: une chaleur étouffante, un tableau de misère, des masses grouillantes de créatures lucifériennes, fatiguées, vieillies, prises au piége, des rigoles recouvertes d'écume dans lesquels flottent, à moitié submergés, les cadavres de l'indolence, ordures, déchets humains, appareils ménagers abîmés. Les rues sont sales, bordées des deux côtés par des buvettes où l'on peut siroter une bière tiède et s'entretenir avec des putains fardées comme des marionnettes, des salles de billard sombres où des transactions de drogue sont faites et des bordels où l'on peut tirer un coup entre deux parties de domino.

Ghetto, emplacement concentrationnaire, prison sans barreaux, Lomakhomne ne cesse de croître, fourbue, compromise par les éléments, ravagée par l'âge, mise en péril par la mégarde et l'indifférence. Un grand nombre d'édifices sont fissurés. Certains s'écroulent, parfois en pleine nuit, soulevant des tempêtes de poussière caustique et emprisonnant et tuant les locataires endormis sous des tonnes de débris. Un flot incessant de véhicules diesel émet des vapeurs toxiques. Ils produisent un bruit intolérable qui agresse l'oreille et grince les nerfs. Motos criardes, taxis lilliputiens dans lesquels six ou sept personnes s'entassent, et charrettes surchargées tirées par des mules sous-alimentées se disputent le droit de passage sur des artères bondées. Le rythme frénétique renforce la lassitude et ajoute à l'épuisement qu'un tel élan produit. C'est un endroit animé par le réflexe qui survit sur des réserves secrètes d'énergie semblable à la frénésie — ou à la rage.

Lomakhome est aussi un lieu qui supplie d'être gracié car certaines de ses créatures fantômatiques, aussi peu nombreuses soient-elles, méritent l'absolution bien plus que la malédiction. Mais elle suscite aussi l'impatience et l'écœurement. Le petit parc où les jeunes amoureux se rencontrent pour voler des baisers est jonché d'ordures. Les bancs sont incrustés de guano. Flânant sans but, les vieillards attendent le passage du temps, comme si le temps était un chemin au lieu d'un moyen de transport. Une odeur omniprésente de pourriture, d'excréments et de mort flotte sur les ailes d'un zéphyr passager. Tous les après-midis, la Bible en main ouverte à Ézéchiel ou Jean, un prédicateur ambulant annonce la fin du monde. Les passants l'ignorent ou l'arosent d'insultes :

— Espèce d'abruti. T'as pas remarqué ? Le monde est depuis longtemps révolu. Va te faire foutre. Le prêcheur quitte les lieux penaud. On le retrouve le lendemain à son poste, campé devant la statue éclopée de Saint-Michel terrassant le diable, prêt à sermonner et harceler quiconque croise son chemin.

— Repentez-vous, pécheurs, païens, idolâtres, fétich-istes, adultères, sodomites. Dieu est en colère et Dieu se vengera contre les morts et …

Au crépuscule, après que l'orbe cuivrée du soleil ait empourprée le ciel, Lomakhome devient une tanière de perversité, un véritable Gomorrhe. Aucune convoitise, aussi vile soit-elle, ne reste inassouvie. La demande alimente l'offre. Le corps humain est la marchandise de choix, et les fournisseurs abondent. Le garçon en sait quelque chose. Abandonné par ses parents à l'âge de six ans, héroïnomane, il se soumit à l'ignoble commerce pour survivre. Il n'y a ni honte ni avilissement lorsque la faim déchire les boyaux et que le désespoir subvertit la raison. Mais il paie le prix fort pour s'être accroché si passionnément à la vie. Il est mourant. C'est le sida, toujours le sida, la même affliction vorace et diabolique qui emporta mon cousin Amos.

L'analphabétisme, l'alcoolisme, la drogue, le sur-peuplement, tous sont à l'œuvre à Lomakhome. L'accoutumance au Résistol chez les enfants est rituelle. Il est vendu librement partout. Proxénètes et touristes sexuels, parmi eux les incorruptibles qui se déplacent incognito depuis Ein Sof, dédommagent les enfants avec des pots de colle.

Dans le taudis où on le soigne, le garçon dérive entre la lucidité et la stupeur. Il sera bientôt libre. Il rejoindra d'autres étoiles dans la chair de la nuit. Dehors, incohérente, échevelée, une épaisse écume s'échappant des coins de sa bouche, une vieille folle échange des cailloux et des insultes avec les voyous qui l'import-unent. Dans l'espoir d'extraire les dernières traces de pitié d'un défilé de passants, emmailloté comme un poupon, un homme né sans bras ni jambes se fraye un chemin comme une larve dodue sur le trottoir. Braillant avec acharnement et dont la sonorité semble bien étudiée, une mendiante expose un nouveau-né à son sein.

Les chiens sauvages, traumatisés par la faim, le rejet et la solitude, répondent à un sifflement ou à l'offre d'une caresse avec des regards remplis de tristesse, de méfiance, de peur. La tête basse, la queue entre les pattes, haletants, ils se sont rendus à des forces jusqu'alors inimaginables, maintenant obéies avec stoïcisme. Ils n'ont même pas la force d'aboyer. Au loin, les yeux perdus dans le néant, peut-être pour se prémunir contre l'incongruité qui l'entoure, un gendarme se tient au frais à l'ombre d'un arbre centenaire. Au coin, près de l'Hôtel Asmodée où j'ai passé la nuit, un homme m'interpelle :

—Quel est ton plaisir ? Cannabis ? Fillettes ? Jeunes garçons ?

Je le dénonce mais le représentant de la loi et de l'ordre me fait signe de décamper. C'est presque l'heure du déjeuner. Dans la chaleur de midi, même le devoir fait la sieste.

XVI

Le moment tant redouté était arrivé. L'ajournement que Yossi m'avait accordé venait d'expirer et je n'avais pas pensé à cette échéance, moins encore aux conséquences d'une décision prise sans hésiter lorsqu'il me demanda de me soumettre à une convention insensée. Ce n'est pas que je médisais la coutume ou remis en question ses origines ou douté de la sincérité malavisée de ceux qui la prônent. Je m'en foutais pas mal. Ce qui me contrarie encore c'est l'affirmation despotique selon laquelle, en raison d'un accident de naissance et de généalogie, j'avais en quelque sorte le devoir de servir de véhicule à sa perpétuation.

— As-tu pris une décision, demanda Yossi d'un ton bureaucratique. Tous les yeux étaient braqués sur moi.

— Oui.

— Alors ?

— Alors c'est non. Ma décision est finale. Je suis désolé, je ne suis pas un fana des traditions. Elles ont une façon de piéger les gens dans un cycle interminable d'automatismes qui soulagent passagèrement l'uniformité de la vie mais ne font rien pour l'égayer.

— Tu regreteras …

— Tu me menaces ?

—Non, bien sûr, mais …

—Écoute-moi et essaye de digérer ce que je dis. En tentant d'harmoniser la conduite collective des hommes, les traditions forcées ont aussi la regrettable habitude d'ignorer, voire d'anéantir l'individu. Le bonheur et la liberté de l'homme dépendent de sa capacité de dominer son environnement — ou d'y échapper quand il l'étouffe.

—Seul Dieu accorde la liberté, lança un des anciens.

—Ce que tu préconises, hasarda un autre, c'est la mort de Dieu. C'est l'avènement du nihilisme. C'est l'émergence d'un cynisme corrosif, déstabilisateur et profond. Et c'est le trépas de la joie et de l'enthousiasme.

—Comme c'est pratique. Ecoutez, je ne veux pas me disputer. Je vous implore, trouvez quelqu'un d'autre ou attendez que la providence vous livre une nouvelle recrue. J'ai peut-être un lien tribal avec vous tous, mais je ne partage aucun de vos principes ou convictions. Sans rancune.

—Une tradition est comme un anneau, déclara Yossi pompeusement, un cercle, un symbole de l'immuable permanence de Dieu et l'emblème de la cohérence ininterrompue d'un peuple.

—Je refuse d'être membre d'un groupe auquel je n'ai pas adhéré de mon propre gré.

—Que tu le veuilles ou non tu fais partie du groupe. Oublies-tu ton ascendance ?

—Je n'y peux rien. Une triste coincidence. Une bizarrerie du destin.

Yossi était exsangue. Mon père sourit. Il appréciait mes boutades. Il reconnaissait dans la fermeté de mon intransigeance la synthèse de ses principes et l'incarnation de ses enseignements.

—Les traditions séparent les gens. Les fanatiques oublient qu'il existe d'autres « cercles » et qu'il faut être crétin pour ne pas se rendre compte de la nature limitative des circonférences. Mon père ria cette fois-ci à haute voix.

—Les traditions doivent être nourries pour qu'elles survivent, rugit Yossi, afin qu'elles inspirent l'harmonie et la tranquillité. Que dire du caractère généreux des coutumes partagées ? Ne mènent-elles pas à la justice et à la paix parmi ceux qui les suivent corps et âme ?

—Paix? Justice? Harmonie? Générosité ? Qu'est-ce que tu racontes ? Es-tu naïf, aveugle, ou fourbe ? Les vertus que tu cites et que tu attribues à un ensemble de mandats arbitraires ne fonctionnent qu'à sens unique, c'est-à-dire dans *votre* intérêt, pour *vous* les Immortels, les riches, les actionnaires, ce qui, par principe, exclut ceux qui n'ont rien, cette vague croissante d'indésirables, de parias—les *autres*, n'est-ce pas ? C'est une forme de racisme qui réduit au silence, exclut, efface, stéréotype, diffame et déshumanise tout ce qui n'est pas issu de *votre* récit. Traditions ? À l'époque précolombienne, le sacrifice humain dans la culture maya était l'offrande rituelle de nourriture aux dieux. Le sang était considéré comme une source puissante d'alimentation pour leurs divinités — Hunab Ku, Chaac, Itzamna, Ixchel, Kinish Ahau — et le sacrifice d'une créature vivante était une puissante offrande de sang. Traditions ? Les Incas, le plus grand empire de l'Amérique précolombienne, sacrifiaient rituellement des enfants et des adolescents afin d'apaiser les dieux et de fournir des domestiques aux empereurs décédés. Les Incas sacrifiaient même des bébés. Traditions ? Tout au long de l'Antiquité, les sacrifices furent utilisés en temps de grands conflits. Mais un culte se distingue des autres par sa brutalité : le culte de Moloch, le prétendu dieu cananéen du sacrifice d'enfants. Voilà ce que je pense des coutumes, des traditions.

Furibond, Yossi s'est gardé de me répondre..

Ceux qui prospectent la vérité s'en rapprochent bien plus vite que ceux qui prétendent l'avoir trouvée. Parfois, le seul moyen de saisir l'ampleur d'un problème est d'avoir l'esprit ouvert. C'est une discipline à laquelle la plupart des Immortels (et bien d'autres, il faut avouer) ne peuvent — ou ne veulent pas — se soummetre. Ils préfèrent s'amarrer à leurs convictions plutôt que de risquer le gêne d'avoir tort. Ils se sont emmaillotés dans le linceul des idées fixes. Ils ont claqué la porte aux lumières du savoir, et ils ne permettent à personne de l'ouvrir. Le bien, comme le mal, est souvent ce que le soi perçoit. Ce que nous percevons est rarement le produit d'une réalité irréfutable, mais du lavage du cerveau auquel nous sommes assujettis dès notre enfance. Souvent, ce que nous préférons croire repose sur une réticence d'aller au-delà de notre ignorance. Les idées fallacieuses que nous adoptons sont la progéniture d'une paresse intellectuelle paralysante. Tout semble être défini par la forme plutôt que par la matière — la libre-pensée contre l'orthodoxie, le traditionalisme contre l'anticonform-isme.

N'est-il pas temps de se débarrasser des étiquettes absurdes qui définissent les penchants des hommes ? Ne devons-nous aussi reconnaître notre humanité, nos imperfections et notre ambivalence ? Le cerveau est composé de deux hémisphères : le droit et le gauche. Nous possédons également les vestiges d'un cerveau reptilien qui prend souvent le dessus et réussi à subvertir la raison. Pour atteindre un degré de sagesse, il faut d'abord se débarrasser de la dualité du *moi* et du *toi,* de la coéxistence des extrêmes qui nous séparent : opinion et fait vérifiable, le mal et la vertu, le plaisir et la douleur, la vie et la mort, l'être et le néant. Nous ne prenons pas tous le même chemin et nos voyages ne nous mènent pas toujours à la destination que nous avions prévue. Et nous ne sommes pas tous capables de suivre le même parcours. En limitant notre voyage à un seul sentier, nous nous égarons.

◆

Les hommes se démènent, ils se bagarrent, ils sont tellement occupés à se trahir qu'il leur est difficile d'échapper aux duperies auxquelles ils capitulent. En s'efforçant de justifier leurs berlues, ils dupent les autres.

—Je ne vois pas ce que ces digressions ont à voir avec quoique ce soit, dit Yossi d'un ton brusque. Moque-toi de nous tant que tu veux. Tu te crois supérieur parce que tu sais lire et écrire et que tu as parrcouru le monde ? N'est-ce pas Herschel le Pieux de Vilnius qui appelait les hérétiques « ceux qui s'enorgueillissent de leur primauté par rapport aux pensées conventionnelles ? »

—Non. C'était le prince du paradoxe, le célèbre ennemi des Juifs, l'apologiste catholique G. K. Chesterton (1874-1936). Et il avait tort. Les hérétiques sont des libres penseurs qui remettent en question les « vérités » fondées sur la foi, qui ont le courage d'examiner la validité de leurs propres croyances et, le cas écheant, de les rejeter. Ils ne colportent pas d'inanités empruntées. Pélage, le penseur du 6ème siècle n'était pas un hérétique. Il était convaincu de l'innocence innée de l'homme. Il a repoussé l'ignoble concept du « péché originel » qui soutient qu'un nouveau-né qui meurt avant d'avoir été béni se retrouvera aux limbes. Galilée n'était pas un hérétique non plus mais un homme imbu d'une vérité scientifique qui contredisait les croyances conventionnelles … les traditions. Giordano Bruno n'était pas un hérétique. Il est mort brulé vif, victime de l'illogisme et des absurdités de son époque. Les philosophes Juifs, Baruch Spinoza (1632-1677) et Jacques Derrida (1930-2004), n'étaient pas non plus des hérétiques. Bien au contraire, ils promurent des visions complexes mais convainc-antes d'une « religion pure » au-delà de la religion or-dinaire (que Spinoza appelera « l'asile de l'ignorance ») parce que leurs écrits clés sur l'éthique et la religion sont centrés sur les valeurs de liberté, d'amour, de générosité et de miséricorde. Leurs visions sont orientées vers la compréhension et l'affirmation de son prochain, plutôt que vers un Dieu transcendant. Sabbatai Zevi, l'illuminé du 17ème siècle, le mystique Juif qui prétendait être le Messie, n'était pas un hérétique mais un pauvre détraqué, comme le sont tous ceux qui prétendent être le Sauveur rédempteur. Louis Jacobs, rabbin et théologien du 20ème siècle argua que le judaïsme repose ou tombe sur le crédo et qu'il n'y a pas de consensus « officiel » concernant la manière dont Dieu s'est adressé à l'homme. « Selon certains rabbins, » il soutint, « le Pentateuque a été remis à Moïse par intervalles pendant ses méandres dans le désert. » Il n'y a rien d'irréligieux dans une prémisse éclairée qu'on ne peut contester qu'en invoquant des mythes. Quant à Maïmonide (1138-1204), l'un des érudits de la Torah les plus prolifiques et les plus influents du Moyen Âge, auteur du *Guide des Égarés*, vilipendé aussi bien par les chrétiens que les Juifs pour avoir soutenu que Dieu n'est pas corporel, que toutes les phrases anthropomorphiques relatives à Dieu dans les textes sacrés doivent être interprétées métaphoriquement, et pour avoir insisté que la plus haute forme de louange que nous puissions offrir à Dieu est le silence. Je te conseille d'examiner la longue liste des « hérétiques, » anciens et modernes, et tu y trouveras un inventaire des plus grands esprits qui aient jamais vécu. L'ignorance, dont les connaissances superficielles en sont l'aspect le plus flagrant, enveniment les querelles qui clivent les hommes. Nous devons nous consacrer à la vérité et non pas au rétablissement d'une entente soumise aux traditions.

—Ton attitude nous attriste et nous vexe. Le conseil des anciens délibérera et décidera de ton destin. Que le Père céleste ait pitié de ton âme.

—Le monde n'a que faire d'un père « céleste. » Nous sommes des orphelins cosmiques. Nous avons besoin de vrais parents en chair et en os qui nous aiment et nous enseignent à nous défendre contre la tyrannie des croyances inflexibles.

♦

Mon père rayonnait de fierté. Ma mère se tourna vers lui et murmura ce qu'elle avait dit maintes fois quand jétais petit : « Regarde le fils que j'ai enfanté. » Mon père, concédant avec humilité que son rôle dans ma procréation avait été modeste, sourit avec obligeance. Les autres me regardaient avec mépris, tous sauf Lucie, qui avait chié dans sa culotte et se précipitait vers les toilettes, et Tante Yetta qui piquait un somme et rêvait d'un sonnet par son bien-aimé Néné Jean. Vlad se frottait les mains avec une véhémence inhabituelle. Mon grand-père polissait son revolver. Helen pilait des prunes dans la grande cuve de cuivre. Immobile, perdue dans une transe, Mima luttait contre ses démons avec des incantations incohérentes parsemées de menaces et de malédictions. Lazar s'entretenait avec son chaton. Surmonté par ses tics, brayant comme un bourricot, Néné Boubi faisait un partie de belote avec Tante Fanny. Ma grand-mère, qui n'avait pas pris la peine de suivre les débats, lisait l'*Amour et la Mort à Bali,* de Vicki Baum. Dans les yeux sombres de mon cousin Amos, joli comme une fillette quand il était enfant, j'ai vu le chagrin inconsolable d'un adulte, maintenant au-delà de son apogée, qui avait payé avec sa vie pour s'être amouraché de jeunes hommes musclés et sexuellement bien dotés. Fabien chialait. Ma tante Malka berçait ses poupées. Abraham, pour la première fois depuis notre rencontre, me sourit ouvertement et avec une tendresse manifeste.

XVII

Le conseil des anciens s'est réuni hier soir. Leurs délibérations se poursuivirent tard dans la nuit. Avec plusieurs voix *pour*, quelques *contre* et quatre abstentions, on me poussa d'accepter le poste de chef du clan, à la fin duquel j'obtiendrais un siège au conseil.

— As-tu pris une décision ?

On peut negocier avec les autres; on ne marchande pas avec soi-meme.

— Je me tiens devant vous, impuissant, castré par vos ultimatums abracadabrants. Quels choix m'offrez-vous? Soit je me soumets à vos revendications, soit j'en subis les conséquences. Il n'y a pas de juste milieu, aucun compromis, n'est-ce pas?

— Tu ne comprends toujours pas, répondit Yossi d'un ton affectant un mélange de tristesse et de clémence.

— Oh, je comprends beaucoup mieux que tu ne le penses. Mais puisque tu t'entêtes à exploiter les derniers vestiges d'incertitude que tu m'attribues, permet-moi de citer un incident qu'aucun d'entre vous n'a vécu ni eu le plaisir de ridiculiser. Et voyons si vous le trouverez assez instructif pour y discerner la morale qui en découle, pour suspendre une fois pour toutes cette mascarade et me foutre la paix. D'accord?

Yossi haussa les épaules. Victime d'une soudaine crise de Tourette, Néné Boubi caqueta comme un poulet et éternua quatre ou cinq fois de suite. Mima maugréa.

—Pfft! Ce garçon a toujours dit des sottises. Doit-il nous bourrer les oreilles avec ses longs propos? Quelqu'un au fond de la salle, l'une de mes grands-mères je crois, intercéda :

—Bon sang, laissez-le parler.

—Vas-y si tu insistes, Yossi soupira. On t'écoute.

♦

Si j'insiste ? Merde ! Pourquoi dois-je me justifier, m'innocenter devant un tribunal fantoche qui me considère coupable ? Je savais que je perdais mon temps, que ces débats sapaient mes énergies mentales et émotionnelles et que mon plaidoyer, aussi franc et cartésien soit-il, échouerait contre un écueil de croyances inébranlables. Yossi et ses adhérents sont impuissants sans leurs légendes, leurs traditions, leurs rituels, leurs pantomimes, leurs préjugés, leur narcissisme religieux, et les oraisons apprises par cœur et réitérées sans même y réfléchir jour après jour, siècle après siècle. Nous parlons la même langue mais nos mots n'ont pas le même sens. Leurs cerveaux sont câblés différemment. Ils ne rejeteront jamais les coutumes et les dogmes qui leurs ont été imposées depuis le berceau et qui les ont déshumanisés. Ils ne peuvent pas, ne veulent pas s'en séparer. Quand la pensée ne peut s'éloigner de son point d'origine, l'esprit est incapable de se scruter. Il se robotise.

♦

À vrai dire, je ne savais plus par où commencer. Devrais-je citer des faits pour créer une allégorie ou m'appuyer sur des métaphores afin de dramatiser les tragédies qu'elles dévoilent ? Je me rendis très vite compte de la gaucherie de ma défense, de la maladresse de mes arguments. On a parfois marre d'avoir raison. Je fis de mon mieux.

—Dans les sociétés ouvertes, je me hasardai prudemment, puisant d'une réserve de souvenirs inoubliables, la liberté de conscience et une presse indépendante sont les piliers de la démocratie. Ailleurs, les journalistes qui n'ont pas « froid au cul » sont accusés de troubler le bien-être des oligarques et de menacer les despotes. Profondément enracinée, cette attitude prédispose les médias à l'inaction, sinon au silence. Les éditeurs dépendent des annonceurs pour leurs précieux revenus. Ils se gardent de les contrarier. Et les journalistes, craignant de perdre leur emploi — ou leur tête — se voient forcés de creuser moins profondément. Encouragés par les élites auxquelles elles sont redevables, les gouvernants feignent l'ignorance ou sacrifient le bouc émissaire. J'ai toujours cru qu'un régime qui surveille la presse et la paralyse en la poussant vers l'autocensure — ou au mutisme — est une nation de gangsters.

—Oui. Et alors ?

—Alors je l'ai répété à haute voix cette fois-ci à la suite d'un massacre de style crime organisé qui coûta la vie à cinq personnes et écorcha l'âme d'un village accoutumé à la violence et enclin à réagir en regardant ailleurs. Cinq innocents. Était-ce un accident ? Une vendetta ? S'agissait-il d'un tragique malentendu ? Furent-ils abattus par des ivrognes, comme l'allégua un passant, emballés par une victoire de football? Ou ont-ils été ciblés pour avoir témoigné d'un trafic de drogue qui aurait mal tourné? Quand la fumée se dissipa, une centaine de douilles de balles de haut calibre jonchaient au sol, les témoins muets d'une tragédie qui eu lieu, en moins de trente secondes sous la pluie alors que le soleil se couchait. Les douilles offrirent peu d'indices. Tout le monde est armé et tirer des coups de feu dans l'air pour sonner le nouvel an, faire la fête, célébrer un mariage, exulter la naissance d'un héritier mâle ou tout simplement se défouler, est un rituel aussi sacré que celui que des hystériques, les larmes aux yeux qui se prosternent devant le saint patron local dont l'effigie peinte de manière criarde est défilée lors de la procession annuelle de la Toussaint.

—Où veux-tu en venir ? Quel rapport avec …

—J'y arrive. Imaginez une communauté qui éponge précipitamment le sang, colmate les murs criblés de balles et scelle ses lèvres — réflexe qui affûte la terreur et émousse la quiétude collective. De même, rien ne ressemble à une presse timide et maladroite (un journal enterra un maigre paragraphe en page 13, un autre en page 25). Lorsque je relançai les rédacteurs, ils refusèrent de se prononcer. Il n'y a rien de tel qu'un autre crime insensé dans une région marquée par l'anarchie, traumatisée par la cupidité, l'arrogance et l'incompétence des régimes politiques successifs, et déshonorée par la souffrance insensée du peuple pour affirmer que la paix, la tranquillité et la dignité ne sont que des rêves inabordables. Quand il s'agit de mauvaises nouvelles, les gens réagissent avec une conformité robotisée. Le silence étant la forme la plus simple de désinformation, ils ne disent rien ou changent de sujet. S'ils sont mis au défi, ils contestent et répudient les événements qui leur donnent encore des cauchemars. C'est une sorte de commérage en revers. Capable de permutations infinies, ce déni de faits incontestables est un tréllis habilement tissé d'atténuations, de distorsions et de mensonges absurdes, le le tout habilement entortillé afin d'embrouiller les curieux et d'enfouir la vérité.

J'entends le son de derrières qui s'agitent dans leurs sièges. Mima frétille avec impatience. Néné Boubi glougloute comme un dindon. Je reprends cette conversation à sens unique.

—Quand les portes claquent, quand les sourires jadis amicaux s'assombrissent, la vérité, horrible et puante, se cache comme une vipère sous un amas de feuilles mortes. Poser trop de questions est aussi dangereux qu'insensé. Mes tentatives d'élucider ce crime furent contrecarrées. Pire, elles me forceront de déguerpir en pleine nuit. Un journaliste ne dispose que d'un arsenal de mots. Ses adversaires se défendent derrière une muraille de catéchismes inflexibles. Ils sont tous armés. Alors que le mécontentement face à la dégradation de la vie—disette, inflation galopante, violations des droits de l'homme, et apathie politique—

est à l'origine de ses problèmes, une société muselée et une presse lâche sont susceptibles d'exacerber le désordre civil et d'accelérer son effondrement. Ma nuit en prison (j'avais « calomnié le village, diffamé la police locale et médit le caractère du pays, ») s'avérerait instructive. Alors que j'étais assis sur un banc de pierre, entouré de murs humides barbouillés de graffitis sur lesquels se promenaient des gigantesques cafards et des araignées hideuses, je me rendis compte que si mon corps était captif, je ne me sentais nullement écroué. Oui, d'épaisses cloisons me séparaient de mes codétenus et de hauts remparts m'écartaient aussi bien d'une multitude de personnes sans visage dormant le sommeil des justes dans leurs lits, et de mes gardes-chiourmes qui ne pouvaient me priver ni de penser, ni de dire des choses que les gens ne veulent pas entendre. Si mes geôliers m'avaient réduit au silence pour de bon, comme ils ont l'habitude de le faire dans ces régions avec une habileté et un plaisir consommés, je mourrai en sachant que si les idéalistes peuvent être bâillonnés, leurs idées, une fois engendrées et propagées, ne peuvent être détruites. Comme je m'y attendais, je fus libéré le lendemain matin et déclaré *persona non grata*. Les autorités concluront que j'étais un trublion plus qu'une menace.

Yossi me visa avec malveillance, sinon haine. Je reconnu dans son regard la cruauté d'un Torquemada, de Tamerlan, d'Ivan le Terrible, et de la reine Marie « la Sanglante. »

— Alors, Yossi, dis-moi, que suis-je? Incommode ou

dangereux ? Nuisamce ou fléau ?

Ma question sera accueillie par quelques accès de toux nerveuse. Parfois, un toussotement fait preuve d'éloquence. Ou de discrétion.

◆

Quand un enfant pétrit une motte d'argile, ce qu'il façonne est un symbole. Le résultat fait allusion à un objet qui n'a aucun lien avec sa signification prévue. Les folklores, auxquelles les gens ont droit mais qu'ils n'ont pas le droit d'imposer aux autres, sont des veaux d'or idéologiques. Je refuse de les considérer des instruments de vénération. La tradition s'adapte à la mémoire de ce que ces icônes représentent et qui, parce qu'elles évoquent des souvenirs primitifs et ataviques mais flous, ne peuvent être maintenues que par la répétition, de génération en génération, de légendes et de rituels.

—Une nuisance ? Plus que ça, cria Mima. Un emmerdeur dangereux ! Et quand je pense que je lui ai offert un verre de thé et un biscuit.

—Le thé était édulcoré et le biscuit était rassis.

—Peu importe tout cela, Yossi intervint. À quoi veux-tu en venir?

—Je ne suis pas né pour être confiné. Ni par les hommes, ni par leurs coutumes. Certaines de vos routines me paraissent symboliques et sans gravité, y compris celle que vous voulez m'imposer, soit-disant dans l'intérêt commun et la tranquillité du clan. Cecit dit, ma décision est prise. Me plier à votre volonté me forcerait d'abjurer mes propres valeurs—pour lesquelles vous semblez n'avoir aucun respect. Prenez garde. Je suis le mouton noir de la famille. Le clan n'a rien à gagner en m'imposant ses mœurs. Et puis, je ne serai pas réduit au silence. C'est pour cette raison que je refuse. Considérez cela comme un acte de charité extraordinaire de ma part. La distance entre une nuisance et une menace est infime. Ma décision est irrévocable.

— Bon, fais comme tu veux. T'en fais pas. On règlera ton compte. Prend garde: Il n'y a pas d'individus ici. Quand on ne fait partie du tout, on ne fait partie de rien.

Où avais-je entendu ça ?

XVIII

A lors, quelle terrible punition me réserveront les anciens ? Serais-je simplement réduit au silence, comme Abraham ? Ou se vengeront-ils avec la bestialité que seul l'égo meurtri d'un prédicateur snobé peut inspirer ?

Pendant quelques instants, stimulé par la colère, j'envisageais prendre mes jambes au cou, m'enfuir à Lomakhome et de ne jamais regagner Ein Sof. Lomakhome : un monde souterrain d'ordures fuligineuses et d'âmes embrasées. Coriace. Inclément. Dangereux. Terre à terre dans sa complexité intransigeante, dans la tristesse de sa féroce réalité. Cruel et pitoyable. Répugnant et déchirant. Abjecte et tragique. Lomakhome me ramène aux horreurs dont j'ai été témoin et que mes enquêtes, des millions « d'aide étrangère » qui n'enrichiront que les politiciens, la persévérance des organisations à but non lucratif et le dévouement et la générosité des armées de volontaires ne parviendront pas à supprimer.

Aussi éloquents soient-ils, les mots se perdent sur la surface impersonnnelle et bidimensionnelle de la page imprimée, mais ils sont incapables de modifier la nature humaine, de refroidir les passions, freiner la haine. Certaines horreurs sont trop choquantes ou, comme le suggère la philosophie déconstructionniste, l'écriture est un substitut dangereux à la vie car elle est susceptible de sacrifier les faits en faveur des perceptions intimes.

◆

L'idéalisme est impuissant contre les monstruosités qui se déroulent autour de soi. Pendant des années, j'ai crû que le seul moyen de pécher par excès du côté de la justice était de me ranger du côté des victimes de l'injustice : les vaincus, les exilés, les humiliés, les persécutés et les oubliés. Derrière les murs d'une prison. Dans les fosses communes et les sépulcres creusés en hâte afin d'effacer tout indice d'un massacre. Là où la dissidence et les appels à la liberté et à la justice sont étouffés. Au milieu des os anonymes éparpillés sur la terre fumante. Les pogroms, la torture, la guerre, le nettoyage ethnique — tous ce confondent dans un tourbillon d'agonies humaines. Les images rentre-dedans aux heures de grande écoute de l'inhumanité de l'homme envers son prochain ne mentent pas. Notre monde, nous le rappellent les émissions du soir, est un égout dans lequel nous pataugeons, jusqu'aux genoux, dans le sang des martyrs. Rassemblés autour de la table, nous les voyons s'ébattre, souffrir, mourir ou disparaître comme des fantômes. « Le passé est un prélude, » déclarons-nous avec une complaisance perfide. Nous réclamons à nos psychés fragiles et surchargés d'oublier un flot incessant d'atrocités — les croisades, la « Sainte » Inquisition, le massacre des Amérindiens, le génocide arménien, la Shoa, Biafra, le carnage intertribal entre Hutus et Tutsis, les bains de sang du Chiapas et des hauts plateaux guatémaltèques, l'effusion de sang vieille de plusieurs décennies entre Israéliens et Palestiniens, l'Irak, l'Afghanistan, le meurtre généralisé d'enfants de rues dans l'isthme centraméricain. Et puis il y a l'Ukraine. Les horreurs qui se déroulent, les scènes de brigandage et de martyre abondamment éclaboussées à la télévision dépassent l'entendement. Pourtant, ce n'est pas la première fois, que ce soit par lâcheté, ruse ou le simulacre de « neutralité, » que les brebis sont conduites à l'abattoir afin de protéger ceux qui n'ont pas le courage de défier le loup. Entre temps, l'Ukraine saigne alors que le monde, au lieu de réagir, contemple l'égorgement de tout un peuple avec une indifférence flagrante.

Les différences raciales et sociales, les incongruités culturelles, tout cela contribue à intellectualiser la souffrance des autres. Nous persévérons en purgeant nos âmes après chaque infamie. « On ne peut changer la nature humaine, » nous soupirons en prenant le dessert. À la rigueur, un feuilleon stupide nous calmera. Nous faisons disparaître la réalité en détournant notre regard. Le lourd capital d'idéalisme que j'avais investi dans le démasquage des vampires s'était depuis considérablement estompé, l'effet de la désillusion et du dégoût envers des gens paralysés par l'indolence et la léthargie. J'avais passé des années à mener leur combat comme s'il était le mien, mon activisme maintenant épuisé par l'effort futile de secouer la conscience populaire et de raidir les épines dorsales affaiblies par le despotisme et l'exploitation. Ce faisant, j'avais finalement compris que je m'étais dressé contre des ennemis redoutables : la torpeur et l'inertie d'un peuple en attente du salut mais qui ne fait rien pour le mériter, qui préfèrent être séduits par des vieilles promesses éculées plutôt que d'être ranimés et revoltés une fois pour toutes par la troublante sonorité de leurs misérables vies.

Passives, soumises, les masses ne regardent jamais en arrière, sauf pour se remémorer un passé irrécupérable. Ils sont trop occupés à stagner et à procréer comme des moutons pour se rendre compte qu'ils seront bientôt égorgés et puis dévorés par les bergers chargés de leurs soins et de leur bien-être. De temps en temps, sentant l'aiguillon de l'injustice, ils réagissent et sont rapidement tranquillisés à coups de matraques, victimes de « disparitions, » et d'exécutions extrajudiciaires. Brefs et atypiques, ces défis sont balayés sous le paillasson de l'indifférence publique. Faute d'une voix cohérente, les âmes qui hantent tous les Lomakhomes de notre planète—apathiques sinon inertes—continueront à compter sur des gens qui savent comment attiser leurs espoirs messianiques de délivrance mais qui passent leur temps à peaufiner le prochain discours au lieu de torcher la merde et de mettre fin au désordre—besognes pour lesquelles ils furent élus en premier lieu.

Hélas, la plupart se contenteront de vivre avec des slogans au lieu de se secouer de leur stupeur, de leur crédulité. La démocratie ne fonctionne pas dans le vide. Elle exige la vigilance, sinon le militantisme de tous ceux qui en sont privés. Un droit fondamental de la démocratie, et une obligation clé, est de rendre les dirigeants garants de leurs promesses et condamnables pour les mensonges qu'ils débitent. Je pourrais me hisser sur le vieux pont et sermonner les dibbouks de Lomakhome, aiguisant leur rancœur, ranimant leurs passions, exigeant de leur part un paroxysme de nausée, un spasme collectif de répulsion envers les vampires empalés à leur gorge. Je pourrais les implorer d'ouvrir leurs portes et leurs fenêtres et d'exclamer à en écorcher le gosier : « Nous en avons marre, marre des fléaux, des ordures et de la pollution, des pannes d'électricité, de la police corrompue, du trafic des stupéfiants, des gangs et des prédateurs d'enfants, de la bureaucratie byzantine, des serments dénuées de sens, des apologies absurdes ... et surtout d'Ein Sof où les Immortels, sûrs d'eux-mêmes, se prélassent dans un confort babylonien et où l'hypocrisie est en vitrine. » Aux urnes, où le processus démocratique a été réduit à un rituel irréfléchi, il n'y aura pas de surprises. Comme d'habitude, les électeurs voteront pour les candidats les « moins-pire. » Et les striges, les dibbouks et les goules de Lomakhome — les « autres » — victimes de l'insupportable ambivalence de la nature humaine, seront comme d'habitude abandonnés à leur sort.

XIX

Non, quoi qu'il arrive, je ne me délesterai pas d'un cauchemar en réintégrant un autre, peu importe combien d'invectives cette expérience pourrait me couter. Goût de fange ou non, malgré mon appétence pour le bizarre, je ne retournerai plus à Lomakhome, à son atmosphère étouffante, à ses masses grouillantes de corps non lavés, aux insectes hideux, aux vautours, à la boue verte qui suinte comme la rivière Styx sous un pont qui ne mène nulle part, aux pauvres bougres qui peinent sans répit de l'aube au crépuscule dans une transfiguration sans fin et futile de la naissance et de la mort, toutes les anomalies répugnantes d'un monde dysfonctionnel que j'avais négligées alors que je jouais le paladin dans une antre de décadence que je confondrai avec mon propre terrain de jeu exotique.

J'apprendrai très vite que « l'exotisme » est une affectation, une simagrée, un mot vide de sens. Il n'existe pas dans le monde réel. C'est un mythe, une collection de lieux lointains remplis d'aborigènes « pittoresques et amicaux » (mais subalternes), des devantures affriolantes et rapidement profanées par des inadaptés à la recherche de Shangri-La, des paradis fragiles à l'origine violés par la croix et l'épée, par le colonialisme et le prosélytisme, et plus tard souillés par le tourisme.

Lomakhome, comme tous les atolls frangés de palmiers et d'hibiscus où je m'étais retiré à la recherche du Nirvana, était censé être lointain et exotique, non pas reconnaissable et étrangement familier. J'avais fui vers des rivages de plus en plus éloignés, pour n'y trouver que le même bourbier puant de misère, de superstitions, de cupidité, d'apathie, d'espoirs absurdes et de rêves brisés. J'avais romancé le prosaïque et le macabre, conscient que mes paroles, aussi convaincantes soient-elles, et malgré la véhémence et la passion avec lesquelles elles étaient prononcées, ne changeraient rien.

Où sont l'optimisme, le zèle, l'élan qui m'avaient jadis inspiré ? Pourquoi ce dégoût, cette rancœur et cette indifférence ont-ils remplacés l'empathie ? Est-ce l'âge? Est-ce la prise de conscience que j'avais hurlé dans les oreilles des sourds, gesticulé devant les aveugles, et les sans-cœur ? Est-ce la misère omniprésente, les structures immuables et la corruption endémique dans des royaumes qui manquent tellement d'amour-propre, d'ambition, et d'initiative qu'ils se vautrent tous dans un fumier collectif tout en feignant un sourire? Est-ce la terrifiante pensée que je n'entendais que l'écho de mes ruminations ? Tant de temps, de passion, tant de colère, de pitié, de sympathie et de vengeance, tant de mots que j'avais prononcé en vain.

◆

Les anciens du clan, les poltrons pharisaïques qu'ils sont, ne m'ont pas convoqué. Ils ont rendu leur verdict et en ont informé mes parents par écrit. Rayonnants, des larmes de joie brillant dans leurs yeux, mon père et ma mère me serrèrent dans leurs bras.

—Ils ont tous voté pour t'expulser d'Ein Sof.

—J'ai mal compris.

—On te renvoie à Yésode. C'est merveilleux.

— Quoi ?

—Oui. Regarde, tout est là, dit mon père en agitant une feuille de papier : « *Quiconque se donnerait tant de mal pour narguer les traditions et mettre en péril l'ordre social et l'unité d'une famille en s'y opposant, doit être fou ou désespéré.* » Prétendant se tromper du côté de la clémence, ils ont ajouté que le désespoir peut conduire à la folie. Ils ont cité une « *incompatibilité insoluble avec les exigences et les rigueurs de la vie à Ein Sof* » et décidé sans grande opposition de te renvoyer à Yésode où tu pourras « *donner libre cours à ton anarchisme et ton apostasie.* » Ils conclurent avec un sarcasme frappant que l'entropie—ou un retour à la sagesse—te ramènera un jour à Ein Sof et te livrera au sein de la famille.

◆

Je me souviens avoir saisi ma tête entre mes mains, craignant qu'elle ne tourne comme celle de Linda Blair dans L'Exorciste. Je croyais avoir perdu la raison.

—Alors cela signifie que ...

—Tout à fait, mon père s'exclama avec joie.

—Nous sommes donc destinés à nous redire adieu, remarquai-je, la bougeotte et la tristesse luttant pour le contrôle de mes émotions.

—Ne soit pas bête, ce n'est qu'un au revoir. Sans fioritures, sans drame. Ma mère sourit et posa doucement un doigt sur mes lèvres.

—Tout a été dit. Reprend tes esprits et reviens vers toi. Pense aux horizons vierges vers lequels tu t'es toujours acheminé. Pas de montagne infranchissable, seule la mer, le grand large.

—Et vous deux?

—Nous appartenons à ton passé. Nous vivons de souvenirs empruntés. C'est parfois amusant, plaisanta mon père.

—Ouis, mais … et la famille ?

—Que veux-tu dire ?

—Pourquoi supportez-vous toutes leurs conneries? Mon père baissa la tête.

—Tu ne comprends pas.

Je comprennais peut-être mieux qu'il ne l'imaginait, avec une acuité et une sensibilité que seules l'estime et la similitude des circonstances peuvent inspirer. Tel père, tel fils ? Pas toujours. J'avais pris des raccourcis. Contrairement à mon père, j'avais défié la raison et contourné les conventions, m'éloignant d'un cap que j'étais incapable de naviguer. Craignant l'échec, j'avais évité les routes bien foulées et tracé mes propres sentiers. Je me vantais souvent d'avoir été séduit par l'aventure alors qu'en fait, c'était une peur de l'engagement ou un manque de foi dans la constance de mes objectifs qui me catapultaient d'une escapade rocambolesque à l'autre. Insuffisamment instruit, mal adapté au commerce, dédaigneux de l'argent, indiscipliné et férocement éclectique, je deviendrai qui je suis moins par choix conscient que par naïveté, immodestie juvénile et aubaines imaginées au hasard. Mon père, un homme discipliné et scrupuleusement honnête, n'avait pas besoin d'artifices. Il vaincra ses démons loin de l'examen public. Comme ma mère, il accepta son sort.

— Je disais … pourquoi … ?

— Abraham t'expliquera. Il le fera avec beaucoup de grâce et d'éloquence. Après deux siècles de silence forcé, il a gagné le droit de parler pour nous tous. Il ne te trompera pas. Il fait partie d'une majorité silencieuse, dont l'opposition à la déraison est noyée par les hurlements des extrémistes. C'est une lutte sans fin.

Nous nous sommes embrassés, mon père, ma mère et moi, nous attardant pendant quelques secondes serrés l'un contre l'autre en silence comme des épiphytes s'aggripant à l'Arbre de la Vie.

— Nous écouterons Brahms, Rachmaninov et Tchaïkovsly, j'ai chuchotté à mon père en nous séparant.

— Et à Debussy, Fauré et Ravel, dit ma mère.

— Et à Satie et Milhaud et Messiaen, j'ajouta. Nous en ferons une soirée.

XX

J'éprouverai mon dernier mouvement oculaire rapide à Ein Sof en compagnie d'Abraham. J'aimais le vieux patriarche. Outre mes parents, de tous les membres de ma famille disparus depuis longtemps, c'était le méprisé Abraham, Abraham le stoïcien dont la parole et la dignité avaient été usurpées par des mensonges (et les traditions) avec lequel, pour des raisons que j'ai encore du mal à saisir, je m'entendais le mieux.

— Le temps presse, mon garçon, et j'ai tant de choses à te dire. Tout d'abord, tu es intelligent, éduqué, dégourdi. Tu as beaucoup voyagé. Mais ton optique du monde est trop large pour tout voir. Tu tires de loin. Tu négliges les détails, les minuties — tu appelleras ça des trivialités — sur lesquelles les gens se fixent et dont ils dépendent. Ton antipathie envers le clan et ce qu'il représente pour toi est évidente. Mais un clan est une sorte d'entité corporative. Bien qu'il soit composé d'individus nantis de goûts, et de penchants particuliers, le clan a aussi un caractère unique, un instinct, une intimité, et une force vitale qui lui est propre. C'est cette essence, élémentaire et inébranlable, qui l'oblige à se prémunir contre les menaces extérieures. Ce que Yossi a si maladroitement essayé de te faire comprendre, c'est qu'un clan est en danger lorsque l'un de ses membres commet ou permet que des actes soient commis qui pourraient le fracturer et le détruire. En d'autres termes, l'intégrité du clan ne peut être maintenue qu'en limitant le pouvoir et l'influence de ses membres.

—Mon cher Abraham, ce que Yossi a commodément ignoré, et qu'il ne pourrait jamais soutenir sans admettre un défaut fondamental dans cette « force vitale » despotique qui limite ou nie le libre arbitre, c'est que le meilleur moyen de patronner un clan est de le guider avec sagesse et bienveillance, et non pas par le fanatisme et l'intolérance. L'ordre prophétique que le clan s'efforce de maintenir est en guerre avec la liberté de pensée. Elle fait face au monde avec un masque de belligérance et de rigidité, se sentant menacée dans son être même par la pensée rationnelle dont elle tente obstinément d'étouffer la voix.

—Il n'y a pas plus de libre arbitre dans le monde physique que dans le monde des rêves, répondit Abraham. La doctrine du « libre arbitre » a été inventée essentiellement dans le but de punir le libre-penseur. Vivre, c'est lutter. Lutter c'est créer des mésententes. La raison nous meut vers des sphères plus élevées, mais l'hédonisme, la lascivité, sans lesquels nous ne pourrions nous reproduire, ainsi que l'instinct de survie qui nous transforme en sauvages, nous ramènent à une existence plus grossière. Tant que les hommes s'abandonnent aux affaires qui découlent de leur identité transitoire, ils s'imaginent libres. Ils se trompent. Ils ne sont pas libres. Les hommes ont besoin aussi bien d'une structure ... que de bornes. Ils s'y cramponnent comme un naufragé s'agrippe à une bouée de sauvetage. Ils obéissent, sinon, Dieu nous en préserve ... les dieux seront en colère. Le mépris de la loi au nom de la justice n'est pas une défense, aussi injuste que puisse être la loi. Ils s'y soumettent, sinon ils rôtiront en enfer.

— Pourquoi cèdent-t-ils à une telle tyrannie ?

— Pour maintes raisons. Certains ne remettent pas en question la réalité. D'autres n'osent pas en parler. D'autres encore s'en fichent. Peu importe si leur vie est réglée par un lien symbolique, par des traditions et quelques rituels superficiels. Ensuite, il y a ceux qui savent par intuition ou prémonition qu'ils n'ont vraiment pas de choix.

— Ce n'est que quand on se trompe soi-même que la vérité devient tolérable, n'est-ce pas ?

— Ce n'est pas une contre-vérité, rétorqua Abraham en souriant. C'est plus profond que ça.

— C'est-à-dire ?

— Ils ne peuvent se rapporter qu'à leur propre expérience de vie et ils s'isolent contre les déprédations anticipées en cédant aux réflexes. Nous sommes tous condamnés à répéter ce que nous faisions avant de venir à Ein Sof, à nous engager dans la répétition ininterrompue des activités qui marquèrent nos vies. Les êtres humains n'ont aucun sens de l'avenir. Ils vivent dans le moment, insensibles aux transformations, parfois subtiles, souvent violentes, qui les poursuivent. Ça fait passer le temps.

—Ou ça le tue. La valeur de la vie ne peut pas être estimée par les vivants parce qu'ils font partie du conflit.

—Comme tu veux.

—Et les dibbouks? Est-ce que je les ai imaginés ? Existent-ils ou est-ce que j'hallucinais ?

—Les dibbouks sont des âmes errantes condamnées à vagabonder sans relâche, rongées par le péché, hantées par des rêves inutiles. Ils ne disparaîtront jamais. Ils sont nos ombres. Ils sont le verso de notre recto. Nous nions leur existence car cela nous forcerait de reconnaitre nos imperfections. En fin de compte, nous sommes tous des dibbouks.

—Je ne comprends pas.

—Tu nous est venu de Yésode. Tu es maintenant à Ein Sof. Pourquoi crois-tu qu'on appelle cette dimension de la sorte? Ein Sof c'est l'infini, la perpétuité, l'intemporalité. Il sera un jour ta dernière escale. Tu te soumettras, comme tout le monde. Tu apprendras à maîtriser tes passions.

—Jamais.

—Jamais ? Abraham baissa la tête et me regarda par-dessus ses lunettes. Attends un peu. Tu verras. La vie est le rêve d'un sommeil futur. Les hallucinations disparaitront dès que tu te réveilles.

—Que vais-je faire de tout ce temps. Que vais-je faire, criai-je assalli par une angoisse écrasante.

—Tu te serviras de tous les mots que tu connais,

parbleu, et tu écriras. Tu mettras le monde en colère. C'est ce qui donne un sens à ta vie. Je me délasserai en compagnie de Yahveh... et toi en son absence.

Il ne me donna pas de précisions.

◆

Je rêve, donc je suis. Je suis, donc je traverse des vastes dimensions cérébrales inexplorées qui transcendent la psychanalyse, les mythes, et les gloses irréfléchies (ou frauduleuses) des mystiques. Je suis, donc je remet en question la validité des canons conventionnels. Rêves? Visions nocturnes et phantasmes diurnes qui transmettent une foule d'émotions, de souvenirs enfouis, de convoitises refoulées, d'apogées inaccessibles et d'espoirs absurdes. Conçus dans les recoins les plus profonds de l'esprit, mis en scène devant des décors étranges, formulés dans des langues ésotériques, les rêves défient la réalité (ou l'imitent avec un lyrisme hyperréaliste). Qu'on soit endormi ou éveillé, ils exorcisent les désillusions, le mécontentement, l'anxiété, la douleur, la colère, et le désespoir en offrant quelques millisecondes de lucidité. Ils défient le statu quo et s'élèvent contre les croyances doctrinariennes. Ils atténuent l'ennui en permettant au rêveur de se purger. Sans limites et éternel, le monde des rêves est un dépotoir dans lequel les inhibitions et les scrupules sont abandonnées. C'est le revers d'une réalité gérée avec vigilance par des intérêts souvent dissemblables mais réciproques dont l'objectif est de restreindre la pensée et les paroles dévoyées des insoumis.

◆

Un étrange phénomène, peu avant l'aube, me secoua d'une torpeur chargée de cauchemars : le temps s'arrêta. Si personne n'est là pour le traverser, lorsque les instruments qui marquent son passage et lui attribuent sa rigueur sont bloqués — ou anéantis, comme certains de mes rêves prophétisent — le temps suspend son vol. Il peut ensuite être rembobiné et rejoué un cliché à la fois. Ce que nous lisons dans nos songes, souvent banalisés comme des fantaisies oisives, sont en fait les pages errantes arrachées pêlemêle d'une collection inépuisable d'entretiens secrets avec notre for intérieur. Aristote a dit que lorsqu'on rêve … ce n'est qu'un rêve. Il n'a pas osé aller plus loin peut-être par crainte de devoir avouer que ce que nous découvrons en rêvant n'est que la réalité dans son ampleur la plus grotesque. C'est une façon d'apaiser les affres du remords, de calmer une conscience souillée. Alors que nous regagnons notre réalité physique, les spectacles auxquels nous fûmes soumis se désintègrent et s'éparpillent comme des nuages par une journée venteuse.

J'étais encore dans un état de langueur assoupissante lorsque le passé creva comme un abcès purulent, régurgitant ses excrétions odieuses et évoquant avec elles des avant-goûts d'un lendemain qui peut être à la fois inféré et reconnu avec frayeur parce qu'il ressemble à toutes les étapes du temps écoulé. C'est au cours de cet entracte temporel qu'une scène de chaos et de folie qui, j'en étais sûr, persisterait sans répit jusqu'à la fin des jours, défila devant l'œil de mon esprit en commençant par ma naissance. Infiniment plus prosaïque, cet événement aura lieu dans une clinique privée du 16ème arrondissement [au 5, rue du Dôme] à deux pas de l'etablissement où, rongé par las syphilis, Baudelaire mourut, et la Rue Lauriston où s'installa la Gestapo française, et où les femmes chics avaient leurs bébés ou les avortaient selon leurs caprices. Mon parrain, un anesthésiste amateur du Marquis de Sade et des cochonneries d'Apollinaire, et mon père, étaient là pour témoigner d'un accouchement qui faillit tuer ma mère. Femme diminutive et délicate, elle supportera avec stoïcisme les avilissements de la guerre et les agonies d'une santé précaire. Je n'aurais pas survécu ma gésine si je n'avais pas reçu une faissée maison de l'obstétricien de service. Ce sera ma première et dernière raclée. Une grossesse difficile et une parturition presque fatale convaincront mes parents de ne plus avoir d'enfants, tout au moins pour l'instant. L'Histoire prouvera la sagesse de cette discrétion quand, trois ans plus tard, la France capitulera aux hordes allemandes et un long cauchemar remplacera le rêve éphémère auquel nous nous étions habitués.

Je revécu l'Occupation, l'arrestation de mon père par la Gestapo française, et son évasion miraculeuse, une épopée qui nous épargnera la déportation vers les camps de concentration nazis où presqe toute notre famille périra. J'ai ensuite entraperçu un monde, une masse, un agrégat amorphe de chair et d'os et de nerfs et de tendons barbotant à travers les horreurs et les extases d'une existence brute alors que cet amas s'acheminait, s'enchevêtrait, et s'immisçait — les héros et les scélérats, les poltrons et les justiciers, les menteurs et les dénonciateurs, les « hommes de Dieu » lascifs et les aristocrates collaborateurs, les guerriers et les pacifistes, les marchands d'armes et les usuriers, les dirigeants et les citoyens qu'ils dupent, les légistes et les intérêts privés auxquels ils sont endettés. Ce que j'observerai en une nanoseconde de clairvoyance furent les flashbacks d'une chorégraphie rituelle insensée, souvent démente, suivie de moments d'inertie au cours desquels des millions d'êtres humains seront sacrifiés. Le fratricide : Cain tue son frère Abel. Les guerres « saintes, » les génocides : Juifs et Musulmans sont massacrés par des pillards obéissant un décret pontifical, d'autres partageront leur sort durant la « Sainte » Inquisition. On se souviendra du siège de Montségur en l'an 1244 durant lequel entre 240 et 250 albigeois, refusant d'abjurer leur foi, furent brûlés en masse dans un feu de joie. Les Amérindiens sont liquidés par des hommes barbus brandissant un crucifix d'une main, l'épée de l'autre. La traite négrière et l'esclavage débuteront en août 1619 lorsque 30 à 40 hommes et femmes africains enchaînés, mal nourris, affaiblis par la maladie et un long voyage en mer, seront vendus et condamnés à une vie de labeur sans fin, d'abus et de mort prématurée, une monstruosité qui alimenta l'économie des États-Unis pendant 250 ans. Le colonialisme. La faim. Les guerres de conquête seront suivies par des guerres d'asservissement, de « libération, » de « religion, » de « démocratisation, » des guerres qui, menées pour mettre fin à toutes les guerres., sèmeront les graines des conflits qui s'ensuivirent. Les armes de destruction massive. Les escadrons de la mort. L'intolérance. Le racisme. L'essor du radicalisme et de la théocracie. Le terrorisme au service de Dieu. Les Grandes Lumières et le barbarisme ne sont pas mutuellement exclusifs. Ce ne sera qu'un prélude. Tiraillées entre la réalité et l'idéalisation, entre le cynisme et l'espoir fictif, piégées dans des états alternes d'ennui et de frénésie, les âmes sans nom et sans visage se laisseront vivre une vie où chaque scène est un conflit entre le bien et le mal, entre la rivalité et l'harmonie, la trahison et la loyauté, la malhonnêteté et la droiture, la tyrannie et l'émancipation, la haine et l'amour, la vie et la mort—un cinéma vérité dans lequel sont projetés le sombre caractère de la gouvernance, la tartuferie des politiciens, et la duplicité de la religion. Ces visions, à la fois ahurissantes et obscènes, défileront devant mes yeux longtemps après les avoir rouverts. Elles rejoindront enfin le monde de folie et d'incongruité dans lequel je suis né, un monde que même les cauchemars ne peuvent imaginer ou reproduire. C'est pourquoi que je ne lis plus de romans.

♦

Que me disait au juste Abraham ? Une voix désincarnée venant de nulle par vibra faiblement comme un écho lointain.

— La vie est le rêve d'un sommeil futur.

—Quoi ?

—Notre univers n'est qu'une simulation.

—Expliques-toi. Je crois devenir fou.

—T'en fais pas mon enfant. On ne nous accorde qu'une petite étincelle de folie. Il ne faut pas la gaspiller. Elle nous définit. Sans elle nous ne sommes que protoplasme.

En un clin d'oeil Abraham, les Immortels, Ein Sof et Lomakhome s'éclipsèrent comme s'ils avaient été violemment aspirés dans un égout sans fond. Le balancier de la vieille horloge s'était remis en marche. Je me souviens avoir retraversé le même tunnel brillamment éclairé qui m'avait mené à Ein Sof. De retour à zéro, le temps, fluide, silencieux, invisible, avait repris sa course. Plusieurs des individus qui étaient venus me voir alors que je me préparais à entreprendre le périple dont je viens de te parler étaient là, autour de moi : les flagorneurs, les pleurnicheurs, les mêle-tout, les commères, tous encore paralysés par le décalage spacio-temporel qui nous avait immobilisé. Ils revinrent tous à la vie comme s'ils sortaient d'un film muet projeté au ralenti, retrouvant leur voix et leur élan alors que la vieille horloge sonnait midi.

—Regagnez vos foyers. Fausse alerte. Reprenez vos offrandes. Ravalez vos mots. C'est à refaire le temps venu.

Ils rentrèrent tous chez eux, soupèrent, dormirent, chièrent, baisèrent, et jouèrent à la vie jusqu'au jour où certains parmi eux moururent à leur tour.

◆

Si la vie n'est qu'un long rêve ininterrompu, j'ai dû rêver sans cesse. Je me suis envolé comme un condor et j'ai dégringolé de mille falaises. J'ai été mangé tout vivant, étouffé par des sorcières affreuses à cheval sur ma poitrine, castré par des maitresses jalouses, écartelé par des monstres de ma propre invention. Je me suis même noyé dans la merde. Les cauchemars s'affublent de maints déguisements. Je les ai tous revêtus. Ce dernier, si toutefois l'entracte d'une mort imminente qualifie de rêve, était inédit. Il me laissa un goût amer et écoeurant comme l'huile de foie de morue. Ou comme la retombée radioactive.

◆

Le cycle de la vie est une expérience humaine universelle. Nous sommes les fruits de la luxure, conçus en quelques secondes d'extase, et nous faisons irruption sans avoir demandé de naitre dans un monde qui se moque de notre existence. Nous vivons pendant un certain temps, et nous mourons. Nous sommes tous plus ou moins conscients de ce processus. Il n'y a que la mort qui nous échappe. Mourir, c'est quoi au juste ? À quoi ressemble l'au-delà et où se retrouvent nos « âmes » une fois qu'elles ont déguerpies d'un organisme destiné à pourrir ? Et pourtant, il n'y a rien à craindre. La mort fait partie intégrale de l'existence de tous les êtres vivants. Certains se « verront » mourir, comme je le fis, assailli par toutes sortes d'émotions, y compris l'immatérialité, les sensations de lévitation, la sérénité, le calme, la dissolution absolue du soi alors qu'une lumière scintillante me baignait de ses chaudes émanations. Pour certains, l'instant de leur mort sera plein d'angoisse, de détresse, de vide, et d'images infernales. D'autres encore fermeront les yeux et l'écran déjà vide s'assombrira instantanément. Nous vivons tous des vies uniques et nous mourrons tous à notre manière.

♦

Entre temps, la sixième extinction massive de l'environnement, un malheur dans lequel une partie importante de la biodiversité mondiale est perdue à jamais, n'est plus un événement lointain. Elle se déroule devant nous, beaucoup plus rapidement que prévu et, selon les études de dizaines de savants, c'est entièrement de notre faute. Les humains ont déjà anéanti des centaines d'espèces et en ont poussé beaucoup d'autres au bord du gouffre par le commerce des espèces sauvages, la déforestation, la pollution, la perte d'habitat, et l'utilisation à outrance de substances toxiques. En raison du réchauffement climatique—la majeure partie de la communauté scientifique mondiale affirme que la Terre se réchauffe et que l'un des principaux facteurs de ce dégel est l'activité humaine— la vitesse à laquelle les espèces disparaissent s'est accélérée de façon exponentielle ces dernières années. Hélas. les gouvernements se gardent de dire la vérité en déclarant une urgence climatique et écologique. Pour éviter les points de basculement du système climatique, la perte de biodiversité, et le risque d'effondrement social, ils refusent de réduire les émissions de gaz à effet de serre à zéro net d'ici l'an 2025. Un événement d'extinction massive des océans est tout aussi imminent. La biosphère océanique pourrait mourir en moins de vingt ans à des niveaux qui rivalisent avec les plus grandes extinctions de masse auxquelles la Terre fut assujettie. Oui, après nous être acharnés pendant des décennies à détruire la planète qui nous a vu naitre, nous sommes enfin sur le point de réussir. Nous vivons à une époque où l'homme se croit fabuleusement—et épouvantablement—supérieur à la Nature. Presque tout ce qu'il crée est capable, sinon destiné, de contribuer à son anéantissement. Seigneur de toutes choses, il n'est pas maitre de lui-même. Il se sent perdu au milieu de sa propre abondance. Avec plus de moyens à sa disposition, plus de connaissances, plus de technologie, il s'avère que le monde va à la dérive. On ne peut s'empêcher de demander pourquoi les savants qui se rapprochent le plus de la vérité et qui s'efforcent d'attiser la conscience collective sont ignorés, contredits, bafoués

Entre temps, un raisonnement aberrant, un mot mal placé, un geste mal interprété risquent de déclencher une calamité dépassant tout ce que la nature peut infliger pour se vengeant des hommes. Ce serait une façon miséricordieuse d'éviter les horreurs qui nous attendent. Il n'est donc ni outré ni prématuré de soupçonner qu'un conflit thermonucléaire précédéra l'effondrement climatique et écologique qui nous est réservé. L'horloge apocalyptique des Savants Atomiques. est maintenant réglée à 90 secondes avant minuit. Minuit est la fin de l'expérience humaine sur Terre. L'aspect positif d'un tel sort ? La disparition instantanée de l'égoïsme, de la fourberie, de la stupidité, de l'injustice, de la débauche et des holocaustes.

On peut s'imaginer, au préalable, qu'un inconnu

aura eu la prévoyance de gribouiller sur une pierre de taille brut l'épitaphe suivante : « Ici gît l'humanité, un virus autophage victime de sa goinfrerie. »

APOSTILLE

Tout est mise en scène. Chaque matin, au réveil, nous nous déguisons et recréons le caractère qui répond aux sommations des autres, et nous grimpons sur les planches. Épouses et conjoints miment des rôles pour lesquels ils sont inaptes. Les enfants jouent aux fils et fillettes, cowboy et indien, gendarme et voleur. Moïse incarna le légiste vengeur. Jésus contrefit le « Messie. » Ponce-Pilate joua gouverneur de la Judée tandis que Tibère personnifia l'impitoyable empereur. Les Croisés et les inquisiteurs montèrent des tueries épouvantables ; leurs victimes, figurants anonymes, s'estompèrent à l'arrière-plan. Hitler joua Hitler, Mussolini interpréta Mussolini. Staline, Mao, Pol Pot, d'autres encore, leurs ambitions diaboliques inassouvies, se hissèrent à leur tour sur les tréteaux. Le clergé berne les croyants qui jouent le jeu des âmes-sauvées. Sourd, muet, et aveugle, « Dieu » joue à cache-cache dans son fief imaginaire. Papa joua au médecin, maman à la femme de foyer. Tout ça c'est une immense, cocasse, triste bouffonnerie, une fête foraine où règnent les jongleurs, les illusionnistes, les funambules, les contorsionnistes, et les monstres. Afin de les démasquer et d'en parler à haute voix, j'ai joué au journaliste, le rôle qui me permettra enfin de me reconnaitre et de me gracier.

HOMMAGES

Je suis tout premièrement redevable à mes parents pour avoir éveillé en moi un amour des livres, de la musique, et de l'art, pour m'avoir immunisé contre la fumisterie et l'hypocrisie de la religion, et pour avoir toléré mes excentricités. À ma mère, une femme cultivée, discrète, et pleine de tendresse, je dois mon goût pour la beauté et la symétrie, ainsi que mon égard envers la nature, surtout les animaux. De mon père, médecin de campagne, homme de souche modeste, affectueux, généreux, et incorruptible qui détestait la gloriole et les minauderies, j'appris que l'amour-propre, un travail bien fait, et le respect pour la vérité accordent bien plus de récompenses que l'argent ou la notoriété.

Je salue mes professeurs, ceux que j'ai rendu fiers et ceux, bien plus nombreux, à qui j'ai donné du fil à retordre. Leur savoir et leur ténacité envers l'élève oisif, volage, et rebelle que j'étais m'ont permis d'ériger poutre par poutre la charpente d'une vie désormais comblée de débuts sans fin.

Je dois aussi noter l'immense influence qu'un grand nombre d'écrivains, poètes, et philosophes auront sur le personnage que je deviendrai ; ils m'ont aidé à changer l'histoire de ma vie. Leur prose, leurs vers, leurs thèses, leurs défis, et leurs aveux résonnent aussi vivement aujourd'hui qu'ils le firent quand ils m'éveillèrent pour la première fois. La plupart étaient français. Parmi eux fut un penseur à qui on refusa un « enterrement chrétien » pour avoir écrit des tracts antireligieux. Quatre seront emprisonnés, l'un pour avoir dénoncé la férocité du colonialisme; un autre, fils de prostituée, pour les délits de « *vagabondage, actes obscènes, et autres infractions contre la décence publique* »—crimes qu'une France qui se vautrait sans gêne dans la promiscuité trouvait avilissants; le troisième pour avoir dépassé les limites de la décence dans des œuvres où s'immiscent un érotisme rêche et l'insoumission civile. Le dernier pour avoir défendu le prolétariat et plaidé avec une vaillance exceptionnelle contre les abus du gouvernement, le dévergondage du clergé, et la décadence de l'établissement militaire. Trois étaient russes. L'un d'eux, essayiste, et journaliste, explorait la psychologie humaine dans le milieu social, politique, et spirituel de son époque. Ses œuvres sont peuplées de névrosés et de lunatiques, le genre qui se transforment en tyran, prophète, martyre. Le second, impitoyable satiriste, confère au surréalisme et au grotesque un caractère insolite de normalité. Le troisième, celui qui m'a le plus frappé, était franc-maçon [comme mon père, et plus tard comme moi], « révolutionnaire professionnel, » et théoricien de l'anarchisme influencé par la pensée Hégélienne.

Mes autres gourous composeront en allemand, anglais, arabe, espagnol et sanskrit. Trois étaient originaires d'Irlande. Le premier ne survivra pas le puritanisme sournois de son milieu victorien. Le deuxième est mort fou, comme tous ceux qui s'abritent contre la réalité dans le havre de la démence. Le troisième fut excommunié pour avoir tenté d'arbitrer le conflit entre le dogme religieux et les connaissances profanes, et pour s'être écarté de la pensée aristotélicienne en soulignant la profondeur de l'ignorance des hommes. Tous étaient rêveurs, libres penseurs, frondeurs, défenseurs de la laïcité, tous décédés depuis longtemps mais dont l'hétérodoxie et les idées réformistes inspirent encore des nouvelles générations de résistants, de héros, et de rêveurs.

C'est avec autant de révérence que je remercie les quelques amis, peu nombreux, attentifs et fidèles, dont l'encouragement et l'amour m'ont soutenu pendant des moments difficiles d'introspection et d'autocritique durant la gestation de ce récit qui placera immanquablement l'humanité sur une trajectoire dystopique. Ce livre ne peut s'empêcher d'être aussi un reflet des évènements marquants dont je fus témoin dès ma naissance et dont j'attesterai au cours de ma carrière dans un grand nombres de reportages, d'éditoriaux et de livres dont l'irrévérence et l'indocilité me coûterons des amitiés, des liens de famille, des emplois, des menaces et, vers la fin de ma vie, l'anonymat et l'oubli.

En dernier, je salue les lecteurs, surtout ceux qui m'agressent tout en se dissimulant dans l'anonymat de leurs réseaux sociaux et dont le mépris, parfois même la haine que mes défis réveillent en eux, renforcent ma conviction que les opinions n'ont en elles-mêmes aucune valeur, que toute conviction fondée sur une croyance aveugle est un canular, et que seule la vérité,

incontestable, pénible, désagréable, et souvent bless-
ante, doit prévaloir.

« Plus une société s'éloigne de la vérité, » avertit
George Orwell, » plus elle haïra ceux qui la disent. »
Garder le silence, ignorer les mensonges enhardissent
les menteurs. Quand on méprise la vérité, on encourage
l'Histoire à se moquer d'elle-même. Si l'espoir ne se
repose que sur des illusions, ce n'est pas de l'espoir,
c'est de la fantaisie. Ceux qui osent dire la vérité sont
ignorés, bafoués, traités de pessimistes (ou de traitres)
par ceux qui se targuent d'un optimisme trompeur — ou
qui souffrent d'une naïveté malfaitrice — au détriment
de la réalité.

Quant à la presse, elle doit à tout prix éviter de
contrefaire la réalité. Un roman peut se parer de
métaphores et d'allégories tout en évoquant des vérités
pénibles sinon honteuses. Le journalisme doit se garder
de colporter des mensonges. Pour être véridique, utile
et fidèle à sa mission, il ne peut se permettre d'être
inoffensif. Et quand le monde refuse d'être sauvé, il
mérite le blasphème.

∞